LE PÈRE NOËL ARGENTÉ

ROMANCE AVEC UN PÈRE CÉLIBATAIRE

SAGA DES FRÈRES SILVER
TOME UN

LACEY SILKS

Que tous vos voeux de Noël coquins se réalisent

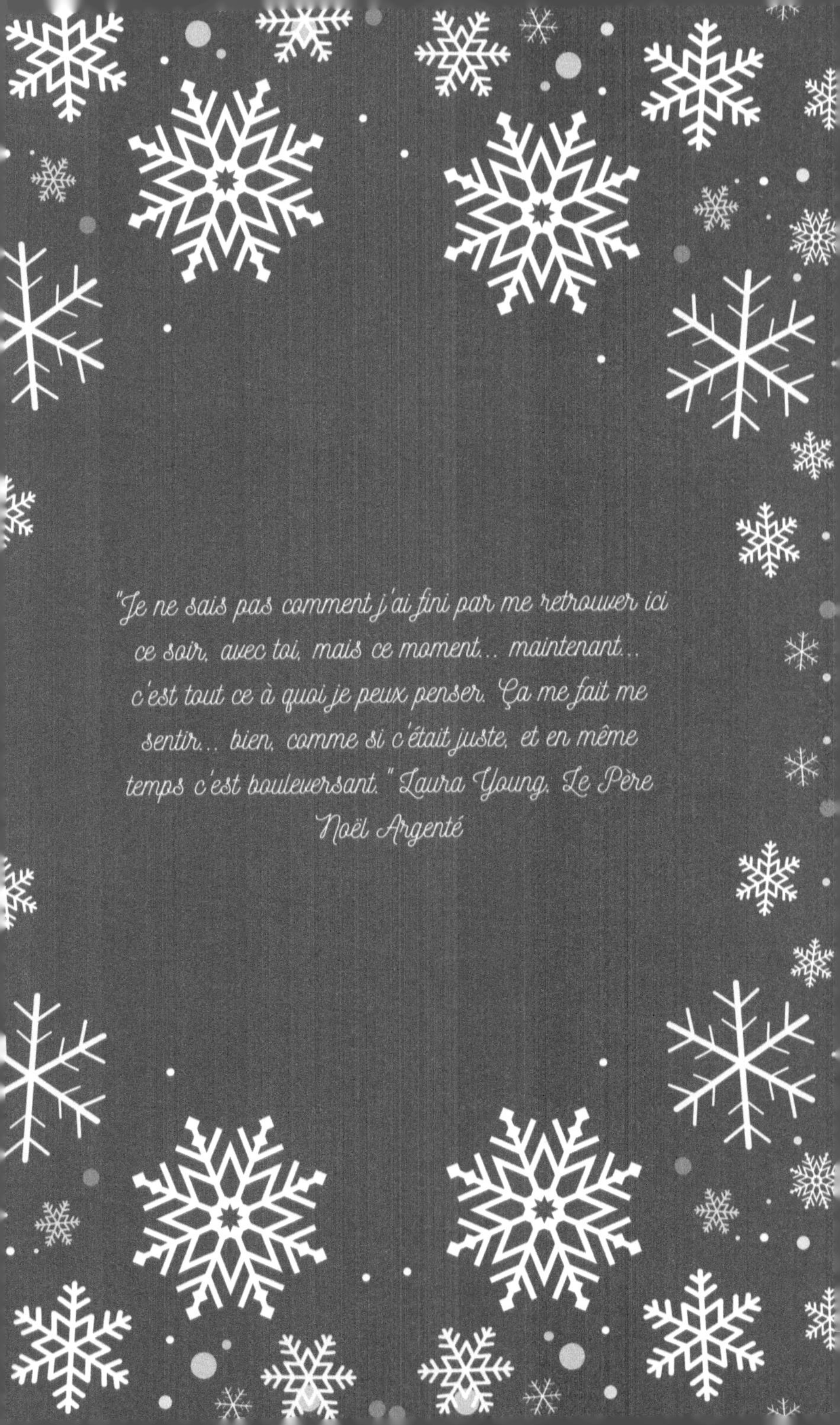

"Je ne sais pas comment j'ai fini par me retrouver ici ce soir, avec toi, mais ce moment... maintenant... c'est tout ce à quoi je peux penser. Ça me fait me sentir... bien, comme si c'était juste, et en même temps c'est bouleversant." Laura Young, Le Père Noël Argenté

Chapitre 1

Laura

Un cri perçant déchira l'atmosphère feutrée du hall, captivant instantanément mon attention. Je pivotai brusquement, mes talons glissant sur le marbre poli, tandis qu'une petite silhouette fusait hors du *lodge* (chalet de montagne luxueux) comme une flèche, franchissant le seuil comme une intrépide alpiniste. Mes yeux restèrent rivés sur elle, admirant ses petites jambes qui filaient sur le terrain enneigé jusqu'à ce qu'elle heurte une plaque de glace et perde l'équilibre. Je bondis en avant, la soulevant dans mes bras avant qu'elle ne touche le sol.

— Hop là, ma petite ! Tu as failli te casser la figure.

Je la serrai fermement contre moi, juste au-dessus de ma hanche, comme j'avais vu les mères le faire.

Ses cheveux noirs et ondulés flottèrent dans la brise légère et elle leva les yeux vers moi. Ses yeux chocolat s'écarquillèrent de surprise, parcourant chaque détail de ma tenue extravagante.

— Tu es jolie, dit-elle en souriant. T'es l'assistante du Père Noël ?

— Non, mais je fais partie de l'équipe de Noël. Je suis un casse-noisette.

— De l'histoire de monsieur Tchaïkovski ?

Elle prononça le nom de famille avec expertise, et je me penchai en arrière.

— C'est exact. Comment connais-tu Tchaïkovski ?

— Je vais chercher Mme Silver, intervint Allie.

Nous assurions la sécurité de la famille Silver et de leurs invités, mais travailler avec ma meilleure amie ne ressemblait jamais à un travail.

— J'ai vu le spectacle. La fille dans l'histoire devient amie avec le casse-noisette pour combattre le méchant Roi des Souris.

J'avais honnêtement oublié l'histoire jusqu'à ce qu'elle la mentionne.

— Et est-ce qu'elle court dehors et glisse sur la glace ? demandai-je en la chatouillant.

Elle gloussa.

— Non. Tu sais que plein d'enfants glissent sur la glace et tombent ? Genre, plus de la moitié !

— Ce sont de sacrés chiffres pour une petite comme toi. Quel âge as-tu ?

Elle retira sa moufle et écarta tous ses doigts en déclarant :

— Cinq ans.

Mon cœur se serra.

— Kensi ? Kensi, où es-tu ? appela Teresa Silver de l'intérieur.

J'entrai avec Kensi dans mes bras.

Allie retourna à son poste.

— Te voilà. Kensi, tu vas tomber malade avant l'arrivée du Père Noël.

Kensi gigota pour descendre avant de s'adresser à sa grand-mère :

— Je voulais voir la neige. Et papa sera bientôt là. Il a promis un bonhomme de neige.

Mme Silver sourit avec des yeux bienveillants.

— Papa tient toujours parole, mais il ne sera pas content si tu attrapes froid. Merci beaucoup de l'avoir trouvée, Mademoiselle…

— Laura Young.

— Ah oui, c'est vrai. Bienvenue au Silver Lodge. Faites comme chez vous, mesdames. Je dois donner à ce petit muffin du thé chaud au citron et au miel avant qu'elle n'attrape froid.

Elle lança un regard faussement sévère à Kensi, et la petite fille gloussa.

— Merci de nous accueillir.

Teresa Silver se dirigea vers la cuisine avec Kensi, et je retournai à mon poste à l'extérieur.

— Les voilà, chuchotai-je à Allie.

En face de moi, elle rayonnait dans son costume de casse-noisette.

— Ne bouge pas, me gronda-t-elle. J'espère avoir l'air à moitié aussi ridicule que toi.

Son costume élaboré de casse-noisette épousait parfaitement ses formes, accentuant ses courbes.

— T'as l'air... complètement ridicule, dis-je.

Elle me fit taire et m'examina de bas en haut. Son regard croisa le mien, et elle fit une grimace de clown.

— Arrête de me faire rire. On est censées être invisibles.

— Bonne chance avec ce costume.

Elle avait raison. Nous aurions tout aussi bien pu porter des enseignes au néon.

Huit paires de phares percèrent l'obscurité, brillant sur la neige craquante sous huit gros véhicules. La neige s'amoncelait en couches si épaisses cet hiver que le lodge semblait une forteresse imprenable, dominant majestueusement la vallée en contrebas. Un Noël blanc, avec son tourbillon de flocons et ses nez rougis par le froid, offrirait un spectacle magnifique. Et après le Nouvel An, je commencerais mon travail de rêve aux côtés de ma meilleure amie et partenaire de travail, alors la vie ne pouvait pas être meilleure.

Les SUV blindés avancèrent lentement dans le virage et se garèrent le long du trottoir.

Le faible vrombissement des moteurs électriques résonnait dans l'air.

Lorsque le huitième SUV noir s'arrêta au bord du trottoir et que la première portière s'ouvrit, Allie et moi saisîmes chacune une poignée de porte à l'entrée du lodge et reculâmes. Une joyeuse musique de fête s'échappait du hall d'entrée. Des guirlandes rouges, vertes et argentées s'entrelaçaient avec des lumières scintillantes, baignant l'espace d'une aura chaleureuse et envoûtante. L'odeur familière de Gucci flottait dans l'air, ravivant un lointain souvenir de visites passées. J'étais venue ici enfant.

Mes parents avaient payé pour des cours particuliers et le meilleur équipement que l'argent pouvait acheter, alors le ski était un jeu d'enfant. Ce travail de sécurité qu'ils avaient arrangé pour moi avant que je ne rejoigne les forces de l'ordre était non seulement un moyen de maintenir la paix, mais aussi un pas vers l'indépendance totale.

Quand j'ai quitté leur maison il y a deux ans, ils étaient contrariés ; ils pensaient que j'aurais dû devenir médecin comme eux, au lieu de choisir un métier si dangereux. Pourtant, me voici, dans cette magnifique station, entourée d'une opulence qui dépassait de loin celle des hôtels où nous séjournions quand j'étais enfant. Bien que Cindy et Karl Young soient aisés, aucun des hôtels que nous avions fréquentés n'approchait le niveau de grandeur de ce luxueux complexe. Mes parents étaient peut-être riches, mais rien comparé aux milliardaires Silver.

— Tiens-toi bien ce soir, murmura Allie.

— Quand est-ce que je me tiens mal ? demandai-je en forçant une profonde inspiration. Je redressai les épaules, prenant ma position. Il nous restait deux heures de service de sécurité.

Le premier célibataire sortit d'un véhicule et tint la porte arrière ouverte. Son pull à col roulé en coton fin épousait parfaitement la carrure impressionnante de ses épaules, le tissu tendu sur ses biceps sculptés, révélant chaque courbe de sa musculature puissante. Je détaillai son jean noir ajusté et son postérieur magnifiquement moulé. Le Colorado n'avait jamais eu si belle allure.

— Psst, Laura ! chuchota Allie et mon dos se redressa brusquement.

Mon cœur battait la chamade, et je me déplaçai pour voir son reflet dans la porte vitrée qu'Allie tenait fermement.

Un autre célibataire escorta une femme hors de la voiture, sa main s'agrippant à son bras. Vêtue d'une tenue entièrement blanche, elle s'accrochait à son coude et attendait, le menton relevé. La veste de neige en fourrure, les leggings blancs et les bottes Wookie, bien que peu appropriés, mettaient en valeur sa silhouette. Ses cheveux noirs tombaient en mèches lisses sur la fourrure. Une autre femme émergea de la voiture. Celle-ci était une jumelle blonde de la première, mais son exact opposé. Sa veste noire, son pantalon en cuir moulant et ses bottes Wookie noires contrastaient avec ceux de sa sœur. Elles tenaient chacune l'un de ses bras tandis qu'il les guidait lentement dans la neige fraîche qui tourbillonnait autour d'eux. On aurait dit une scène de film, et je ne pouvais m'empêcher de les fixer. Encore. Les autres hommes Silver quittèrent les véhicules, certains accompagnés, d'autres seuls, tandis que le premier homme qui s'avançait vers l'entrée se retourna et s'écria : — Dépêchez-vous ! Nous sommes déjà en retard.

Le son de sa voix grave me fit frissonner, et tandis qu'il marchait vers le bâtiment. Ses lèvres fermes et bien dessinées, ses pommettes hautes et ciselées, et sa barbe parfaitement entretenue lui conféraient une allure digne d'un James Bond moderne, alliant charme sophistiqué et danger latent. Je restai bouche bée lorsqu'il remonta ses lunettes de soleil aviateur sur le haut de sa tête. Son visage était magnifique, et ses yeux bleu clair semblaient pouvoir voir à travers mon âme. Des papillons nerveux emplirent mon estomac à mesure qu'il s'approchait.

Allie dut sentir mon malaise car elle déplaça la porte, coupant le reflet.

— Reprends-toi, Laura. Et. Tais-toi, articula-t-elle silencieusement.

D'accord.

Nous avions signé des contrats et des accords nous engageant à ne pas divulguer de détails sur cet événement et les participants.

Trois familles fortunées, chacune avec plusieurs enfants et petits-enfants, étaient arrivées pour les fêtes — toutes faisant désormais partie de Silver Securities, et al. Ils formaient la prestigieuse entreprise des meilleurs enquêteurs privés, gardes du corps et avocats du pays.

Le groupe se dirigea de la voiture à l'entrée avec grâce, élégance et sophistication dignes de leur rang. Les jumelles exhalaient toute la richesse des Silver, sauf que ce n'était pas la leur. L'argent n'était pas tout, cependant. Les frères Silver avaient de la classe et du style, et juste assez d'arrogance pour le montrer. L'odeur de cologne coûteuse emplit l'air, flottant autour de nous et m'attirant dans leur aura.

Son profil était impeccable — une mâchoire ciselée, une légère barbe grise et une mèche argentée dans ses cheveux. Il n'avait pas l'air d'être mon type. En fait, il avait l'air d'être le type de tout le monde. Le genre auquel on ne peut absolument pas résister.

Le directeur du lodge s'avança pour accueillir le groupe.

— Bonsoir, M. Silver. Vos suites sont toutes prêtes.

— Merci, George. Quelles sont les prévisions ?

— De la neige fraîche la nuit dernière et un ciel dégagé demain.

Il fronça les sourcils, comme s'il n'appréciait ni la neige fraîche ni les journées ensoleillées. Je me demandai ce que cela pouvait signifier. Peut-être était-il quelqu'un dont je ferais mieux de me tenir éloignée, après tout. De plus, il avait au moins une quinzaine d'années de plus que moi, et j'étais en service. M. Silver était tout ce dont je n'avais pas besoin.

— Merci encore, George.

Je pensais qu'il allait entrer, mais il tourna la tête vers moi. Mon cœur s'arrêta un instant.

— Casse-noisette ? Il pencha la tête, alors je haussai simplement les épaules.

Enfoiré ! Selon le contrat, je ne pouvais pas parler aux Silver ou à leurs invités, et à en juger par le sourire en coin sur son visage, il le savait.

Il secoua la tête et se tourna vers les autres au bord du trottoir, criant : — Qui a chargé Hunter des décorations ?

Et sans réfléchir, je lâchai : — Elles sont magnifiques à l'intérieur.

Les mots sortirent avant que je ne puisse les retenir, et ma main vola à ma bouche de regret. Il se concentra sur mon visage, et mon cœur sombra — jusqu'à ce que je remarque sa lèvre qui se courbait. La mèche argentée de cheveux tombant juste au-delà de son sourcil complétait son look je-te-baiserais-si-je-le-voulais. Mes genoux faiblirent.

— Je suis désolée, murmurai-je, et je scellai mes lèvres en une fine ligne.

— Ce n'est rien. Le coin de sa bouche se releva. Heureusement, ses autres frères et cousins, tout aussi magnifiques, s'approchèrent pour le distraire.

Le gars avec les jumelles les lâcha brusquement et courut en avant, glissant sur ses chaussures pour s'arrêter à côté de nous. C'était une version plus jeune du gars que je venais d'offenser, et je pouvais dire qu'il serait l'âme de cette fête de Noël. Il tapa dans le dos de celui que je supposais être son frère aîné. — Tu es le bienvenu pour me décharger de ce fardeau l'année prochaine, James.

James. James Silver. Pas tout à fait Bond, mais quand même, un nom extraordinaire.

Mon attention se reporta sur les jumelles, qui marchaient sur la pointe des pieds dans la neige avec leurs bottes Wookie à talons hauts peu pratiques, se dirigeant droit vers Hunter et James. Gloussant, elles s'agrippèrent chacune à l'un de leurs bras en poussant un cri aigu. James soupira et, à contrecœur, lui et les Silver entrèrent, se dirigeant vers la table d'accueil garnie de lait de poule, de thé et d'autres boissons. Je relâchai le souffle que j'avais retenu. Que diable se passait-il ?

— Encore vingt minutes, et on a fini, dit Allie en fermant la porte d'entrée.

Nous attendîmes que le groom finisse de décharger les bagages avant de lui rouvrir la porte. Au cours de l'heure suivante, ils déchargèrent un chariot plein de valises après l'autre. Les voitures s'éloignèrent, et nous fîmes le tour du périmètre du bâtiment, vérifiant les menaces potentielles. Nous étions au cœur des montagnes du Colorado. Les seules menaces ici étaient les pumas et les ours. Et deux casse-noisettes. Ma montre bipa, indiquant les quinze dernières minutes de notre service.

— C'est dingue que tes parents connaissent les Silver, dit Allie en passant d'un pied sur l'autre, essayant de se réchauffer.

— Et moi, je n'arrive pas à croire qu'ils nous aient donné un préavis de douze heures pour ce boulot. Mon souffle laissa une traînée dans l'air, et je frottai mes moufles l'une contre l'autre. La température avait baissé de quelques degrés depuis une heure.

— Parfois, je suis tellement heureuse que tes parents soient millionnaires.

— Ce n'est pas aussi luxueux que ça en a l'air. Plus d'argent signifie plus de problèmes et moins de temps. De plus, le un pour cent le plus riche possède la moitié de la richesse mondiale. Mes parents sont insignifiants comparés aux Silver.

— Ils nous ont quand même obtenu ce travail.

— C'est vrai. Malgré notre brouille, mes parents avaient tenté de renouer le contact, mais je n'étais pas prête à leur pardonner. M'avoir trouvé ce travail était leur façon de tendre la main. Mais les cicatrices qu'ils avaient laissées sur mon corps et mon cœur étaient si profondes que je n'étais pas prête à pardonner. Je savais que je n'oublierais jamais. Mais ils restaient mes parents. Et ils essayaient, donc ça devait compter pour quelque chose.

Allie jeta un coup d'œil par une fenêtre latérale du hall. — Il paraît que Silver Securities était en désaccord avec l'un de leurs partenaires, donc il semble que tout le monde ait des problèmes. Même les milliardaires.

— Du moment qu'on est payées, je m'en tape du reste.

Nous fîmes le tour du bâtiment et revînmes à la porte d'entrée, vérifiant les empreintes de pas. Il n'y en avait pas, mais les chutes de neige continues recouvraient les traces en quelques secondes.

— Le ski devrait être amusant demain, dit Allie en donnant un coup de pied dans un tas de neige et en le formant en boule.

— Je sais. J'ai hâte.

— Que vas-tu faire des deux mille dollars que tu vas gagner ? demanda-t-elle.

J'avais longuement pesé le pour et le contre de ma situation actuelle : rembourser ma carte de crédit ou économiser pour une nouvelle voiture. Cela faisait un moment que je ne m'étais pas offert une nouvelle paire de talons, et l'idée d'avoir un nouveau jouet brillant et des chaussures allumait une étincelle dans ma poitrine.

— Je ne suis pas sûre. J'en épargnerai une partie et j'en dépenserai une partie. Peut-être que je devrais demander à Santa la voiture dont j'ai besoin. Et toi ?

Allie sourit d'une oreille à l'autre. — Je suis plus intéressée par les informations que les Silver peuvent me procurer. Il est temps de tracer la route vers mon bonheur. Tristan est celui qui dirige le groupe, donc je commencerai par le sommet.

Je soupirai et secouai la tête.

Allie n'avait aucune intention de trouver le bonheur dans le lit d'un milliardaire. Elle avait érigé trop de murs pour que cela se produise. Elle avait besoin d'argent, mais ce n'était pas ce qu'elle désirait le plus non plus. Allie voulait la sécurité, des informations et la vengeance. Et connaissant ma meilleure amie, elle obtiendrait tout cela. À partir de janvier, je travaillerais aux côtés de cette femme géniale dans la police.

— J'ai hâte d'enlever ce costume et de me plonger dans un bain moussant.

— Toi, tu te plonges et moi, je vais transpirer. J'entends le sauna qui m'appelle. Elle grimaça de douleur.

— Ton ventre te fait toujours mal ? demandai-je.

Elle avait couru aux toilettes toute la journée.

— Je pense que ce sont les nuggets de poulet d'hier soir.

— Encore ?

Son visage se tordit de douleur.

— Heureusement que je m'en suis tenue à mon fancy sandwich au fromage grillé.

Je n'avais pas pu résister à commander le plat au brie que ma nounou préparait. Mon indulgence m'avait sauvée de je ne sais quel microbe contre lequel Allie luttait — ses joues roses, embrassées par le froid nocturne, prirent rapidement une couleur cendrée.

— Pourquoi ne te reposerais-tu pas ce soir ?

Elle me lança un regard qui aurait pu tuer.

— Je ne peux pas me reposer. C'est l'opportunité que j'attendais. Tu crois que c'est une coïncidence qu'on ait obtenu ce boulot ? Elle se redressa, luttant visiblement contre la douleur. — C'est le destin. Allons nous changer et nous mêler aux autres. J'ai l'impression que de la tequila m'aiderait.

Je grimaçai à cette mention. Allie et sa fichue tequila ! Elle ne consommait pas beaucoup d'alcool, mais quand elle le faisait, c'était une bataille. Elle avait une bonne raison de noyer ses problèmes de temps en temps. Je boirais quotidiennement si un harceleur me poursuivait, moi et ma mère.

— Qu'est-il arrivé au plan « garder un profil bas » pour ce soir ? répétai-je ses mots d'une voix de fausset peu convaincante, ce qui la fit rire. J'accrochai nos manteaux dans le hall et nous nous dirigeâmes vers la gauche, loin de la foule.

— La tequila me rendra sûrement plus présentable, tu ne crois pas ? Elle massa son ventre avec sa main. — Et nous sommes officiellement hors service, alors autant profiter de tous les avantages. Argh ! Elle se plia en deux en se tenant le ventre.

— Le seul avantage dont tu vas profiter ce soir, c'est un lit confortable.

Je la soulevai par le bras et la conduisis vers la cage d'escalier. Avec le recul, nous aurions dû prendre l'ascenseur, mais je ne voulais pas risquer de croiser quelqu'un dans nos tenues ridicules. Les marches en bois craquaient, et le nombre de marches semblait avoir doublé lorsque nous regardâmes en arrière. Nous avions atteint le palier du deuxième étage quand un rire profond résonna depuis le couloir.

— Attends.

Je jetai un coup d'œil par la fente de la porte.

Il était là, grand et mince, appuyant son bras contre un mur près de la jumelle blonde. L'autre fouillait dans son sac à main, cherchant quelque chose. Sa chemise blanche était serrée sur son corps, accentuant ses larges épaules. Il avait changé pour un pantalon sur mesure qui épousait ses fesses fermes.

James Silver était appuyé contre le mur, le dos droit et le bras le long du corps. Il avait l'air d'être à sa place. Il avait l'air d'être à sa place partout. Il n'attendait pas les opportunités. Il les créait. James fit défiler son téléphone pendant que la blonde prit le relais et trifouilla leurs cartes-clés. Elle essaya de frapper à la porte, comme si cela allait aider. Sa sœur finit par ouvrir la porte avec un cri de joie.

— Allez, Cece. Remplissons la baignoire. La fille aux cheveux clairs saisit la main de sa jumelle.

— Profitez bien, mesdemoiselles. Hunter est en chemin, leur lança James.

— Non, non, gémit-elle. Tu viens avec nous, James. Elle tira sur son bras.

Il détacha ses doigts de son bras. — Je suis désolé, mais le voyage a été long. Je vous promets que mon jeune frère sera bientôt là.

Il ferma lentement la porte devant son visage et se tourna vers les ascenseurs.

Allie resta bouche bée. — Il a laissé tomber les jumelles ? C'est impressionnant.

— Je ne cherche pas à être impressionnée, dis-je.

— Que cherches-tu alors ? demanda-t-elle en ouvrant la porte de la cage d'escalier.

— Je suis juste là pour me la couler douce et skier, dis-je plus fort que prévu, et il m'entendit. Il s'arrêta, se tourna dans notre direction, et nos regards se croisèrent. Je soutins son regard jusqu'à ce qu'il le brise et disparaisse dans l'ascenseur.

— Les hommes comme lui savent ce qu'ils veulent, murmurai-je à personne en particulier.

Alors que la porte de l'ascenseur se fermait, Allie émit alors un son horrible, se pliant en deux de douleur.

Le cri aigu me fit sursauter.

— Nous devrions appeler un médecin.

Je l'aidai à se relever.

— Pas besoin. Ça va aller. J'ai juste besoin de me reposer.

— Je sais que tu n'as plus ton appendice...

— Je te l'ai déjà dit — ce sont ces nuggets à l'intérieur de moi qui doivent sortir. Et je pense qu'ils sortent maintenant.

Elle gémit comme si elle allait mourir, mais réussit à atteindre les toilettes à temps. Je lui tins les cheveux pendant qu'elle vomissait, puis l'aidai à se doucher, avant de l'aider à enfiler son pyjama.

— Laisse-moi t'apporter du thé. Reste ici, d'accord ?

— Pas encore. Peut-être plus tard.

Sa voix était faible, et ses lèvres pâles. Je passai mes doigts dans ses cheveux et vérifiai son front brûlant. Quelques respirations plus tard, elle était profondément endormie. Je pris une poche de glace dans le petit frigo de notre chambre, l'enveloppai dans une serviette et la posai doucement sur son front. Je la bordai, enlevai mon costume de casse-noisette et mis une robe, puis je sortis chercher du thé, mais quand j'ouvris la porte, je heurtai un torse solide.

Chapitre 2
James

Son parfum délicat me frappa juste avant qu'elle ne rebondisse sur ma poitrine. Elle fit un pas en arrière, ses grands yeux de biche semblaient momentanément perdus, comme égarés dans un nouveau monde. Je réalisai que j'étais trop près et que j'aurais dû reculer, mais maintenant que nous étions là, je profiterais de chaque seconde où son corps était près du mien.

— Je suis désolée. Je ne vous avais pas vu.

Sa voix douce fredonna et ses joues prirent une délicate teinte rosée.

Je n'avais pas l'habitude d'écouter aux portes, mais le casse-noisette était bien plus intéressant que les jumelles. Hunter avait engagé les escortes, m'obligeant à jouer les chaperons pour des femmes qui venaient au lodge pour une seule raison — ou peut-être deux — ma queue et du ski gratuit.

— Ce n'est rien. J'ai entendu un cri.

Mes yeux se dirigèrent vers les faibles sons de quelqu'un en détresse.

— Tout va bien là-dedans ?

— Pas vraiment. Mon amie est malade.

Elle jeta un coup d'œil par-dessus son épaule.

— Elle a eu des problèmes d'estomac toute la journée, et ça s'est aggravé ce soir.

— Que puis-je faire pour aider ? Nous pouvons appeler un médecin.

— Elle a besoin de repos, et je vais chercher du thé.

— Je vais appeler le service d'étage.

Je tendis la main vers mon téléphone, mais elle m'arrêta en posant sa main sur mon poignet. Le contact de ses doigts délicats et glacés sur ma peau éveilla mes sens, et mon corps frémit. Elle hocha la tête en signe de reconnaissance avant de retirer rapidement sa main.

— Pas besoin de déranger le personnel le jour de Noël. Je peux le faire moi-même.

Ses yeux inflexibles me dirent qu'il était inutile d'argumenter. Au lieu de cela, j'acquiesçai, puis touchai le bas de son dos, la guidant dans le couloir avant qu'elle ne change d'avis.

La porte de l'ascenseur s'ouvrit, mais elle m'arrêta avec une question.

— Que faisiez-vous encore près de ma chambre ?

— J'ai entendu un gémissement douloureux et j'étais inquiet.

Le demi-mensonge me brûla la gorge. J'étais inquiet, mais je voulais aussi revoir le casse-noisette.

— C'était Allie, répondit-elle, satisfaite de mon mensonge.

La vérité, c'est que j'allais frapper à la porte du casse-noisette de toute façon. Elle m'avait captivé dès que je l'avais vue. Je n'arrivais pas à mettre le doigt dessus, mais j'avais l'impression que nous nous étions déjà rencontrés.

— Allons lui chercher ce thé. Je connais le mélange parfait.

J'appuyai sur le bouton du rez-de-chaussée.

— La dernière chose que nous voulons, c'est qu'elle souffre pendant Noël.

Mon visage s'adoucit et ses épaules se détendirent.

— Vous ne savez pas ce qu'elle a ?

— Non, elle a parlé de nuggets d'hier soir et d'intoxication alimentaire.

Mes narines se dilatèrent. Inconsciemment, je desserrai mon col et fis craquer mes articulations. Une intoxication alimentaire dans ce lodge était inacceptable. L'ascenseur sonna et ouvrit ses portes.

— J'ai le remède parfait pour ce qui la fait souffrir. Et si elle va plus mal, nous appellerons un médecin.

J'entrai dans l'ascenseur décoré sur le thème de Noël et lui fis signe de me rejoindre. Le son festif des clochettes de Noël résonnait dans les haut-parleurs.

Putain d'intoxication alimentaire ?

— Qu'est-ce qui ne va pas ? Vous n'aimez pas les décorations de Noël ?

J'aperçus le reflet de ma colère dans le miroir mural.

— Non, ce n'est pas ça. Je n'aime pas la nourriture avariée dans mon resort, et je n'aime pas que votre amie soit malade. Maintenant, allons chercher ce thé et retournons profiter de votre soirée avec moi.

Son souffle se bloqua à nouveau.

— C'était habile.

Je lui fis un clin d'œil.

— Merci, je fais de mon mieux.

L'ascenseur sonna et les portes s'ouvrirent. Je marchai à ses côtés jusqu'au salon et commandai un mélange d'urgence Silver avant de la guider vers les sièges rembourrés près de la cheminée. Laura jeta un coup d'œil autour d'elle, anxieuse.

— Et votre fille ? Elle ne va pas se demander où vous êtes ?

Ses yeux brillaient de curiosité.

Je secouai la tête en réponse.

— Ma fille ?

Je n'avais jamais mentionné Kensi.

— Celle avec la veste duveteuse et les bottes Wookie.

Elle m'adressa un sourire innocent, et je laissai échapper un rire amusé.

— J'ignorais que vous faisiez dans l'humour, Mademoiselle Young.

Elle rit.

— Mes excuses. C'était assez grossier de ma part. Les deux jumelles semblaient être votre type.

Je ris plus fort ; Cece et Candy n'étaient pas du tout mon type. Ma vie, c'était ma famille, ma santé et mon travail, ne laissant aucune place pour une partenaire.

— Elle pourrait facilement être votre fille.

Elle s'inclina sur le côté, croisa une jambe sur l'autre et s'adossa à sa chaise. Mes yeux suivirent la longueur de ses jambes toniques. La robe mettait en valeur sa silhouette.

Je la regardai et haussai un sourcil.

— Quel âge avez-vous ?

— Vingt-trois ans.

Je la surpris à fixer la mèche argentée dans mes cheveux — un trait génétique que mes frères et moi partagions depuis la naissance — qui laissait deviner mon âge véritable. Le léger chaume sur mon menton n'aidait pas.

— Quel âge avez-vous ?

Elle se mordit la lèvre, puis ajouta rapidement :

— Je vous ai dit le mien, donc c'est seulement juste...

— Trente-quatre ans.

Ses lèvres formèrent un « O » parfait, ce qui me fit imaginer une position différente. Seuls. Près de la cheminée. Elle à genoux avec sa belle bouche grande ouverte, levant les yeux vers moi.

Laura me regarda de haut en bas avant que son regard ne revienne sur mon entrejambe, où j'étais dur. Comment ne pas l'être ? Elle était tout ce qu'un homme pouvait désirer.

Je la regardai lutter pour avaler.

— Ce n'est pas vieux.

— Je suis content que vous pensiez ça, mais j'ai encore du mal à vous imaginer patrouiller dans les rues. Vous êtes jeune, et l'expérience prend du temps. Est-ce qu'ils vous forment vraiment pour le monde réel ?

Elle rit et agita la main.

— Nan, ils nous laissent juste faire n'importe quoi.

Cependant, quand elle se mordit la lèvre et prit une profonde inspiration, je pus dire qu'elle me menait en bateau.

— J'espère que vous plaisantez.

— Ne vous inquiétez pas, Monsieur Silver ; ce casse-noisette sait ce qu'elle fait. Et elle peut vous protéger de tout ce qui rôde au-delà de cette porte d'entrée.

— Vous pointez l'arrière.

Sa tête se tourna brusquement dans cette direction, et nous éclatâmes de rire tous les deux.

— Pourquoi voulez-vous être flic ? demandai-je.

— C'est un acte de rébellion contre mes parents médecins. Ils ne sont pas ravis que les soins de santé n'aient pas été ma vocation, mais ils essaient. Ça n'a pas été facile...

Elle s'interrompit. Un regard distant passa sur son visage. Je voulais en savoir plus sur ses parents, mais une acclamation retentit du bar, et elle sortit de sa rêverie, plaquant un sourire sur son visage.

— Donc, maintenant que nous avons établi que vous n'avez pas de filles jumelles, y a-t-il une épouse dans le tableau ?

Un rire sincère m'échappa alors que je plongeai mon regard dans le sien, laissant de côté la question que je voulais lui poser. Au lieu de cela, je me penchai en avant et entendis ma poitrine vibrer.

— Mettons les choses au clair. Je ne tromperais jamais ma femme avec des jumelles ou des triplées. Donc non, je ne suis impliqué avec personne.

— Des coups d'un soir uniquement ? demanda-t-elle.

— Vous proposez ?

— Vous accepteriez ?

Je me penchai en arrière.

— Un homme stupide refuserait.

Elle devait avoir apprécié ça. Ses grands yeux bruns s'élargirent, reflétant les lumières de Noël autour de nous.

— Vous avez l'air mignonne quand vous êtes fougueuse, mais ça ne vous conviendra pas dans les forces de l'ordre.

— Pourquoi ça ?

— Les criminels vous mangeront toute crue.

— Je ne savais pas que vous faisiez des vérifications d'antécédents sur les casse-noisettes... J'imagine que c'est comme ça que vous savez que je me dirige vers les forces de l'ordre.

— Nous vérifions tous les cinglés qui traînent par ici.

— Intéressant.

Des rires et des conversations flottaient à travers la pièce, où mes frères et sœurs et cousins se mêlaient au bar. Hunter était assis entre deux dames, discutant joyeusement avec Scar et Cash, mes frères cadets. Je regardai ma compagne et souris de toutes mes dents. Laura était incomparable à Cece et Candy.

— Vous avez une fan de l'autre côté.

Laura pointa du doigt un coin salon près du sapin de Noël.

Je regardai vers la cheminée double face et aperçus Emma, qui nous jetait des coups d'œil furtifs tout en sirotant un chocolat chaud.

— C'est ma petite cousine, Emma, avec mes parents, ma tante et mon oncle.

Laura rentra les épaules.

— J'adore les Noëls en famille.

— Pourtant, vous êtes ici pour un travail.

— Je suis ici parce que j'ai besoin d'argent.

— C'est juste. J'espère que vous trouverez le temps de profiter des pistes.

— Ça dépendra si ma partenaire de ski se rétablit. Je dois admettre qu'être dans un chalet de montagne près d'une station de ski a ses avantages. Mes parents m'y ont emmenée quelques fois quand j'étais enfant, mais ça fait un moment que je n'ai pas skié.

— Où avez-vous skié avant ?

Elle afficha un large sourire, mais se mordit ensuite la lèvre.

— Les séjours de ski dans le Vermont ne sont pas aussi excitants que ce à quoi je m'attends demain, dit-elle, mais je ne peux pas laisser Allie toute seule. Peut-être que le thé l'aidera.

Elle s'agita sur son siège.

— Vous êtes mal à l'aise ? demandai-je.

— Je me sens déplacée ici. Tout le monde est si bien habillé.

Les robes à paillettes scintillaient et les bijoux brillaient. Axel Wagner fumait un cigare dehors, et son odeur chocolatée se répandait alors que son frère Ace ouvrait la porte pour le rejoindre.

Je me penchai en avant et chuchotai :

— Vous êtes magnifique.

Elle rougit.

— Voilà ce qui arrive quand on laisse mon frère cadet aux commandes, expliquai-je en vérifiant la commande de thé sur ma montre. Le salon de lecture est calme. Nous prendrons le thé en chemin.

— Vous essayez de m'avoir en tête-à-tête ?

Peut-être. Probablement. Oui.

Je baissai les coudes sur mes genoux et me rapprochai.

— Et si je vous disais exactement ce que je veux, et que vous me disiez exactement ce que vous voulez ? Nous pourrions sauter tout le reste.

Elle haussa un sourcil. — Qu'est-ce qui se cache entre les lignes ? Je veux m'assurer de faire un choix judicieux.

J'avais définitivement fait un choix judicieux en décidant de passer ma soirée avec Laura Young. Ma nouvelle année apportait un avenir écrasant chez Silver Securities, et je voulais des vacances reposantes... Alors, pourquoi pas ?

— Ce qui se cache entre les lignes, c'est que je te dis que je suis célibataire et que j'aimerais apprendre à te connaître pendant ce Noël. Sans engagement, à moins que je ne sois trop vieux pour toi.

Ses joues s'empourprèrent. — Donc... je serais une distraction pour t'éloigner de ta femme ? plaisanta-t-elle.

Je me retins de lever les yeux au ciel. Ses commentaires semblaient à la fois enfantins et étrangement charmants. Elle était taquine sans même s'en rendre compte. Mais j'étais patient.

Je pris sa main et portai sa paume à mes lèvres en disant : — Recommençons. Je déposai un baiser sur le dos de sa main.

— Fox Silver. Mes amis m'appellent James, mais tu le sais déjà.

Une lueur de confiance s'alluma dans ses yeux. — Laura Young, dit-elle en retirant doucement sa main. Je suis ici avec mon amie. Elle est malade. Mais tu le sais déjà. Laura fit un geste vague vers l'étage avant d'ajouter : Désolée pour les blagues sur ta femme et ta petite amie. Ce n'est pas tous les jours que je peux taquiner un milliardaire.

— Ne t'inquiète pas. Ce n'est pas le pire que j'ai entendu. Le thé doit être prêt. On devrait y aller.

Je l'aidai à se lever. Elle glissa son bras sous le mien, comme s'il y avait toujours eu sa place. Nous marchâmes dans le couloir en direction de la cuisine.

— Tu as dit Fox Silver ?

— Oui, James est le surnom qui est resté.

— Ça te va bien. Comme James Bond. Nous laissâmes échapper un petit rire. Mais Silver, c'est plus sexy. James Silver, rusé et malin, diabolique entre les draps.

Je haussai un sourcil.

— Diabolique ?

Elle haussa les sourcils de manière suggestive. — Tu as l'air de quelqu'un qui aurait un fétichisme.

Elle n'avait pas tort. Je m'arrêtai avant d'atteindre la cuisine. Ses joues étaient encore teintées de rose, et son langage corporel était invitant.

Je me penchai plus près et levai ma main vers sa poitrine, faisant glisser mon pouce le long de sa trachée, puis remontant son cou, jusqu'à ce qu'elle me permette d'incliner sa tête dans ma paume. Je m'approchai de son oreille, effleurant le cartilage de mes lèvres, et murmurai : — Tu as raison. Je crois que j'ai développé un nouveau fétichisme ce soir. Et elle s'appelle Laura.

Elle frissonna, puis resta immobile. Son corps se tendit à mes mots, mais au lieu de s'éloigner, elle se rapprocha. Son souffle chaud caressa mon cou tandis qu'elle chuchotait en retour : — Je crois que j'ai peut-être développé un nouveau fétichisme aussi...

Un serveur arriva avec la commande de thé d'urgence. — Faites-le porter à la chambre 209, s'il vous plaît. Posez-le sur la table basse et ne dérangez pas.

— Bien, Monsieur Silver.

Laura se leva précipitamment. — Je devrais aller voir Allie.

Je touchai doucement son bras pour qu'elle se rassoie.

— Je savais que tu ne voudrais pas entendre parler du fétichisme.

Elle croisa les bras sur sa poitrine.

— C'est mon amie. Je dois aller voir comment elle va.

— Elle est avec un médecin.

— Quoi ?

— Julia est une amie de la famille et elle me préviendra si Allie a besoin d'aide.

Elle resta silencieuse un moment.

— Merci d'avoir fait ça.

— Bien sûr. Et maintenant que tu es libre, accompagne-moi au spa. J'avais réservé un massage avec ma... fille, mais comme c'est l'heure de son coucher, voudrais-tu venir à sa place ?

Je lui tendis la main, la guidant vers le couloir.

— N'est-ce pas aussi l'heure de votre coucher, monsieur ?

Un rire éclata dans ma poitrine.

— Le bon côté de vieillir, c'est de ne plus avoir à se soucier de choses aussi futiles que les heures de coucher, dis-je en marchant légèrement derrière elle.

Mes yeux parcoururent ses courbes, s'imprégnant de sa silhouette gracieuse. Le tissu de sa robe épousait son corps comme une seconde peau, et des volants cascadaient le long du corsage, créant un effet éthéré. Ses boucles châtaines scintillaient dans la lumière, encadrant ses traits. Une vague de désir traversa ma poitrine tandis que je contemplais cette femme.

— D'accord. Elle s'arrêta et glissa son bras sous le mien. Je ne veux pas attraper ce qu'a Allie, et un massage me semble merveilleux, mais je dois quand même aller la voir.

— Attends, vous partagez une chambre ? demandai-je.

— Bien sûr. Nous sommes les casse-noisettes, après tout.

— Tu ne peux pas y passer la nuit. C'est hors de question.

Ses épaules tremblèrent de rire. — C'est impossible. Le lodge est complet, toutes les chambres sont prises, et le personnel partage des quartiers. De plus, l'intoxication alimentaire n'est pas contagieuse, et Allie est comme ma famille.

Réalisant la difficulté que j'aurais à essayer de la convaincre, je soupirai. L'ascenseur nous amena au deuxième étage, et je me souvins d'une scène du film préféré de ma mère.

La scène où un homme coince une femme dans un ascenseur. D'une main, il saisit son poignet et le plaque au-dessus de sa tête, tandis que de l'autre, il tend la main et fait glisser son pouce sur sa lèvre inférieure. Elle s'immobilise, les yeux fermés et la poitrine se soulevant tandis qu'elle attend son prochain geste. Son halètement se perd dans son baiser alors qu'il dévore sa bouche.

Je n'ai plus jamais surpris ma mère en train de regarder une comédie romantique. Mais jouerais-je cette scène avec Laura ? Ici ? Putain, ouais.

Laura passa sa langue sur sa lèvre, ramenant mon attention

sur son visage. La veine jugulaire de son cou pulsait, et il semblait qu'elle pouvait à peine contenir son excitation alors que nous montions. Une fois arrivés à notre étage, Laura se précipita vers sa chambre tandis que je lui tendais le masque de rechange que je gardais dans ma poche.

— Pas de préservatif là-dedans ? lança-t-elle.

— Je préfère la chaleur d'une femme au latex.

Une lueur de choc traversa son visage, mais elle se reprit rapidement.

— L'herpès n'est pas chaud non plus, dit-elle sèchement.

Laissant échapper un petit rire, je secouai la tête. — Tu as l'herpès ?

— Non, bien sûr que non !

Soulagé, je répondis : — Bien. Alors nous n'avons pas de problème.

Elle mit son masque avant de passer sa carte. Le capteur près de la porte bipa, et elle se retourna par-dessus son épaule en disant : — Attends ici.

Ignorant son conseil, je la suivis dans la petite suite. Un canapé-lit était déjà ouvert avec les draps défaits, là où je devinai que Laura prévoyait de dormir. Elle prit le thé sur la table et se dirigea vers la chambre d'Allie. Debout dans l'encadrement de la porte, j'oubliai le rendez-vous de massage que je n'avais pas, et la réunion que j'avais promise à mon cousin pour discuter d'un nouveau réseau de crime organisé. Laura était plus divertissante que n'importe quelle réunion ennuyeuse dans laquelle j'aurais pu être coincé.

— Comment va Allie ? demandai-je quand elle revint.

— Elle a bu un peu de thé et s'est rendormie. Ai-je besoin de prendre quelque chose avec moi ?

— Non, tu es parfaite. Prête ?

Elle hocha la tête.

Nous quittâmes la chambre, et elle me suivit dans un couloir privé menant directement au spa.

— Je ne savais pas qu'on pouvait passer par là.

— Je viens ici depuis avant même de pouvoir draguer la masseuse. Je lui fis un clin d'œil, et elle m'offrit un sourire amusé.

— Ce couloir n'est pas sur les plans.

— Le spa est une addition plus récente avec une cascade naturelle. Tu as vérifié les plans ?

— Tout le monde ne le fait pas ?

— Non.

— Je tiens ça de mes parents surprotecteurs et autoritaires. J'aime connaître mon environnement ; tu sais, au cas où les méchants attaqueraient.

Je me grattai la mâchoire. — Au cas où les méchants attaqueraient ? Tu étais casse-noisette ce soir.

Elle se retourna une fois arrivée en bas des marches et posa ses mains sur ses hanches.

— Parfois, j'essaie de prétendre que mon travail est plus important que d'ouvrir des portes pour des milliardaires et — son regard tomba sur mon entrejambe — de casser des noix.

— Aïe. Je la suivis à travers la porte suivante.

— Donc je vérifie les plans, au cas où. On ne sait jamais quand on aura besoin d'une sortie rapide. Elle s'arrêta devant l'entrée vitrée. C'est fermé.

Je tapai un code sur ma montre, et la porte coulissa. Au-delà, une oasis de feuillage avec le bruit d'une cascade proche. Les développeurs avaient construit le salon du spa dans une grotte préexistante.

Je lui fis signe d'entrer, mais elle m'arrêta, gardant ses yeux perçants fixés sur mon visage. Une partie de moi voulait la forcer à entrer dans le spa, pour l'impressionner, tandis qu'une autre était désespérée de la garder juste à côté de moi.

— Si tu essaies de m'amadouer pour un massage nu, alors aujourd'hui pourrait être ton jour de chance, M. Silver.

— Je te promets, je m'en souviendrai.

— Tu fais souvent des promesses aux femmes, M. Silver ?

La façon dont mon nom glissait sur sa langue me donnait envie de lui promettre plus que le monde. Je lui donnerais l'univers. Tout ce qu'elle voudrait pour rester à mes côtés, tout ce qu'elle désirerait — je le réaliserais.

— Seulement aux femmes importantes, dis-je.

Chapitre 3

Il me poussa doucement à l'intérieur du spa, attirant mon attention vers une grotte illuminée d'une lueur bleutée par le clair de lune qui filtrait à travers une ouverture au-dessus.

Alors qu'une vague de chaleur et de vapeur m'enveloppait, James posa sa main au creux de mon dos, me guidant en avant. Il faisait souvent cela, et j'aimais ça.

Ce paradis luxuriant regorgeait de plantes et de fleurs exotiques, riches en couleurs et en parfums. Une montagne de rochers escarpés dominait la végétation, sa surface entrelacée de vignes et d'arbres ancestraux. L'air était saturé des senteurs de mousse humide, de terre riche et de végétation luxuriante, créant une symphonie olfactive enivrante, le tout mêlé au doux parfum des fleurs en pleine floraison. À intervalles réguliers, la fraîcheur de l'air venant de l'extérieur me ramenait à la conscience de cet environnement magique. Le son de l'eau qui coulait résonnait contre les parois de la grotte comme une cascade, mais je n'en voyais aucune.

— C'est un sacré coup de pub, dis-je en me retournant vers lui.

James arborait un large sourire.

— Tu amènes tous tes rendez-vous dans ce paradis ?

— Tu es la première.

Il parlait avec conviction, faisant de chaque mot une promesse, et j'avais envie de le croire. Avec une douce insistance, il murmura : — Je n'ai jamais amené personne ici. S'il continuait à dire des choses comme ça, je serais peut-être assez folle pour le croire.

— Viens, je veux te montrer quelque chose. Il prit ma main.

Je n'avais jamais tenu la main d'un homme avant. Pas comme ça. Ses grands doigts rugueux s'entrelacèrent aux miens, enveloppant ma petite main dans sa chaleur. Sa force et sa douceur me tenaient comme une étreinte éternelle. C'était une sensation étrange : comme si je cédais un fragment de mon indépendance tout en recevant un immense sentiment d'appartenance.

— Il a fallu sept ans pour terminer ce projet. Toute la famille y a contribué.

Nous avons contourné l'angle et sommes arrivés face à une cascade. C'était un spectacle majestueux ; l'eau était cristalline et scintillait sous la lumière de la lune. Les rochers au fond étaient sombres et accidentés, ajoutant une touche de nature sauvage.

— C'est à couper le souffle, soufflai-je en m'appuyant contre une rambarde, complètement émerveillée. Et ça ne figure définitivement pas sur les plans.

— Je savais que tu apprécierais. James serra légèrement ma main. Un ruisseau se détache de la rivière au nord du lodge, et nous avons intégré son cours dans la conception.

— Seulement vingt-cinq pour cent des gens survivent à une chute dans les chutes du Niagara.

Il rit. — Ce n'est pas le Niagara, c'est mieux. Regarde. Il contourna le bassin pour se placer de l'autre côté de la cascade. — Tu peux me voir ? cria-t-il par-dessus le bruit de l'eau.

— Non !

— D'accord, maintenant échangeons nos places !

Je me dépêchai de prendre sa place tandis qu'il prenait la

mienne. Quand je fus en place, je n'en crus pas mes yeux : James était visible à travers l'eau qui tombait.

Nous nous sommes rejoints au milieu, nous appuyant contre la rambarde. L'écume se brisait contre les rochers en contrebas.

— C'est l'optique. Du moins, c'est ainsi que l'ingénieur l'a expliqué.

Une rafale de vent s'engouffra par l'ouverture, et je frissonnai.

— Tu as froid. James se déplaça pour se tenir derrière moi.

Je me retournai dans ses bras pour lui faire face. Il m'enveloppa dans la sécurité de son étreinte, et mon cœur se languissait d'être encore plus proche. Si seulement il voulait m'embrasser.

— Merci de m'avoir montré cet endroit, dis-je en posant ma tête contre sa poitrine. C'est magnifique.

Ma tête montait et descendait au rythme de sa respiration. Je sentis une mèche de cheveux tomber sur mon front et je la repoussai distraitement. J'écoutais les battements de son cœur, comme une grosse caisse résonnant rythmiquement dans sa cage thoracique. Que diable m'arrivait-il ? Comment avais-je atterri ici ? Le ciel déversait le clair de lune à travers la grande ouverture au-dessus de nous, et je bâillai.

— Tu es fatiguée, chuchota-t-il en enfouissant son nez dans mes cheveux et en inspirant profondément. Il faisait souvent ça, et j'aimais ça.

— J'ai eu une matinée chargée.

Nous sommes restés là, enlacés, jusqu'à ce que je trouve le courage de lever les yeux pour rencontrer son regard lumineux. Sa chaleur irradiait aussi intensément que son regard. Le moment parfait me taquinait de toutes les bonnes façons, mais il se retenait.

J'inclinai la tête sur le côté. — À quelle fréquence amènes-tu des femmes ici ?

— Je te l'ai déjà dit. Tu es la première.

— Des conneries.

Il rit. — Pourquoi ?

— Parce que tu es un séducteur. N'est-ce pas, James Silver ?

— Je ne pense pas l'être.

Mes cheveux n'arrêtaient pas de me tomber sur le visage, et il les écarta de mes yeux.

— Tu joues avec moi ? demandai-je.

Il me voyait sûrement comme une autre employée avec qui il voulait coucher. Ou du moins, j'espérais qu'il le voulait. Était-ce ce que je voulais ? Une nuit de baisers profonds et désespérés, de peau chaude et de bouches affamées ? De caresses d'avant-bras et de paumes du bout des doigts ?

Alors que mon corps se pressait contre sa puissante silhouette, un « Oui » retentissant résonna dans ma tête.

Il caressa ma joue de son pouce, et mon cœur s'emballa dans ma poitrine. Mes jambes tremblaient sous moi et j'aurais voulu pouvoir figer le temps.

— Tu es enivrante, murmura-t-il d'une voix basse qui fit vibrer l'air entre nous.

— Et tu évites ma question. Qu'y a-t-il de si spécial à passer du temps avec une casse-noisettes ?

Il enfouit à nouveau son visage dans mes cheveux, inspirant profondément. Il semblait m'absorber comme si j'étais la seule chose qui le maintenait en vie.

— Tu vois une casse-noisettes, et moi je vois une femme impertinente, forte et divertissante. Sans oublier, absolument magnifique. Tu me coupes le souffle, Laura Young.

J'aimais la façon dont mon nom roulait sur sa langue, et j'adorais la façon dont il me regardait avec intention, ses yeux bleus brillants assombris par le désir. Mon cœur battait la chamade dans ma poitrine et des papillons voletaient dans mon estomac. J'étais à bout de souffle en attendant de voir s'il allait enfin m'embrasser. Coucher avec James Silver n'était pas sur ma liste de souhaits de Noël, mais comment pouvais-je dire non au conte de fées qu'il avait créé ?

Il se pencha, son souffle chaud contre mon oreille. — J'ai une confession à faire, chuchota-t-il.

— Qu'est-ce que c'est ? Je retins mon souffle tandis qu'il me dominait de sa taille.

— Je ne t'ai pas amenée ici juste pour te montrer cet endroit, dit-il d'une voix basse et séductrice.

— Alors pourquoi suis-je ici ?

Mon pouls s'accéléra et mes mains tremblèrent légèrement alors que je les maintenais autour de sa taille. Le sang afflua à mon visage et dans tout mon corps, me procurant de la chaleur jusqu'aux extrémités. Mon cœur battait si fort qu'il ne pouvait pas ne pas le sentir contre sa poitrine.

— Je voulais être seul avec toi. La nervosité s'insinuait lentement en moi, comme une vigne grimpant sur un mur, et je ne savais pas quoi faire.

— Quelque chose ne va pas ? demanda-t-il.

— Non, mentis-je. Je me perds parfois dans mes pensées.

— Et qu'y a-t-il dans cette tête ?

Il passa son doigt sur mon front. Sa voix profonde suintait de domination, montant l'échelle de mes hormones, façon James Bond.

— C'est un peu difficile de réfléchir en ce moment, murmurai-je. Avec toi. Si proche.

— Essaie plus fort.

Ses lèvres tressaillirent très légèrement, relevant le coin de sa bouche. J'avais du mal à me concentrer. Ses yeux pétillaient de malice. Il savait parfaitement ce qu'il me faisait, à moi et à mon corps.

— Je ne sais pas comment j'ai atterri ici ce soir, avec toi, mais ce moment... maintenant... est tout ce à quoi je peux penser. C'est... bon, juste, bouleversant.

— Êtes-vous télépathe, Mademoiselle Young ?

Je le regardai avec confusion.

— Parce que je crois que vous lisez dans mes pensées.

Il prit doucement mon menton entre son pouce et son index, inclinant mon visage vers le haut pour rencontrer sa bouche. Nos lèvres se touchèrent pendant une seconde et demie avant qu'il ne recule, me laissant haletante et en voulant plus.

— Ai-je dépassé les bornes ?

L'intensité de son murmure m'envoya un frisson le long de la colonne vertébrale.

Je m'éclaircis la gorge. — Non, certainement pas.

Ce n'était pas suffisant.

J'avais l'impression d'étouffer comme jamais auparavant car je n'arrivais pas à reprendre mon souffle. Je reculai d'un pas.

— Ça va ? Tu deviens pâle.

— Ouais. J'inspirai profondément et posai mes mains sur mes genoux. Je. Vais. Bien.

— Tu fais une crise de panique ?

Je n'étais pas sûre de ce que c'était, mais c'était définitivement quelque chose.

— Je suis claustrophobe mais je ne fais pas de crises de panique. Seulement onze pour cent des Américains en font, et je ne fais pas partie de ce groupe. Je me redressai, et il saisit mon poignet, pressant son pouce sur mon pouls tout en regardant sa montre.

— Ton rythme cardiaque est élevé.

— Ça va. Je fis un geste de la main et redressai les épaules. Je te le promets.

Il s'approcha et me ramena contre sa poitrine, baissant ses lèvres vers mon oreille. — Si t'embrasser doucement te donne une crise de panique, que va-t-il se passer quand je t'embrasserai comme si tu m'appartenais vraiment ?

Oh, mon Dieu !

Cette fois, il écrasa sa bouche contre la mienne, submergeant mes sens par son goût, son odeur et sa sensation. Il enroula fermement ses bras autour de moi, pressant mon corps contre le sien.

Une charge électrique crépitait entre nous, allumant un feu en moi. La chaleur de sa bouche était enivrante. Sa langue taquinait timidement la commissure de mes lèvres, explorant expertement ma bouche et dominant à chaque passage. Sa main soutenait ma nuque, envoyant des sensations de picotements le long de ma colonne vertébrale, tandis que son autre main trouvait le creux de mes reins, me rapprochant encore plus. Nos corps se pressaient l'un contre l'autre, chaleur contre chaleur, battement de cœur contre battement de cœur, son érection contre mon ventre. Le monde, pendant ces quelques instants, se réduisit à l'espace entre nos lèvres.

Je levai les bras pour les enrouler autour de son cou. Ses mains s'emmêlèrent dans mes cheveux, avant de descendre le long de mon corps, caressant un sein.

Si quelqu'un nous surprenait...

Je m'écartai, mes lèvres chaudes et gonflées.

— Une nuit avec vous serait très inappropriée, Monsieur Silver. Je suis toujours une employée.

— Tu n'es pas en service et tu es seule pour Noël. Ses lèvres effleurèrent les miennes. N'est-ce pas ?

J'acquiesçai. Techniquement, je n'étais plus son employée. Et honnêtement, une petite aventure de Noël ne pouvait faire de mal à personne.

— Alors, je dois insister pour que tu passes Noël avec moi et ma famille.

Il m'agrippa par les hanches et me rapprocha de lui, comme si nous étions un couple. — Mes parents tueraient n'importe lequel d'entre nous si nous passions Noël séparément. Les tiens ne feraient pas pareil ?

J'ai ri.

— Mon père sera en salle d'opération, et ma mère travaillera dans son laboratoire sur le prochain remède contre le cancer. J'ai glissé mes mains autour de son cou et me suis hissée sur la pointe des pieds, effleurant ses lèvres des miennes. — Mais je n'ai vraiment pas envie de parler de mes parents. Alors, tu es vraiment célibataire ?

Il m'a saisie par les hanches et m'a attirée contre lui. Son érection pressait à nouveau contre mon ventre, ses yeux fixés sur mes lèvres, et ses doigts s'enfonçaient dans ma peau tandis qu'il murmurait : — Toujours célibataire.

Les lumières ont vacillé, et il s'est écarté, me privant de ses lèvres.

— Qu'est-ce que c'était ? ai-je demandé.

— Les orages doivent être proches, et j'espère que ce n'est pas le virus informatique que mon frère a éliminé.

— On dirait que George s'est trompé sur la météo.

— C'est la montagne et les vents changeants. L'électricité se coupe parfois, mais nous avons des générateurs. Il a pointé du doigt une porte de service et a regardé sa montre à nouveau. — Il se fait tard. Laisse-moi te raccompagner à ta chambre.

Et juste comme ça, le moment entre nous s'était évanoui.

James m'a pris la main, et je l'ai suivi comme un petit chien. Mon Dieu, je voulais tellement plus qu'une séance de bécotage de cinq minutes. Avant que je ne m'en rende compte, nous nous tenions à l'entrée de sa suite.

— Ce n'est pas ma chambre, ai-je murmuré.

Il a placé sa montre contre le numéro plaqué sur la porte, et elle s'est ouverte. Nous sommes entrés dans la suite spacieuse avec une grande fenêtre longeant le mur du fond. Au-delà, les lumières nocturnes illuminaient une piscine privée et un jacuzzi.

J'ai enlevé mes chaussures et posé mes pieds sur le sol recouvert de tapis du couloir. Dès que mes pieds ont touché la moquette, j'ai su que je ne ressentirais plus jamais rien d'aussi doux dans ma vie. Les fibres blanches pressées contre mes pieds donnaient l'impression d'être du coton fraîchement filé. À ma gauche, une cheminée sculptée dans un seul bloc de granit s'élevait sur deux étages. À droite, des doubles portes s'ouvraient sur une chambre décorée de tons chauds de brun et de vert. L'endroit était immense. — Tout à l'heure, quand nous étions à l'étage, tu as dit que tu te rendais dans ta chambre. Cette suite n'est pas du tout près de ma chambre.

— Tu es observatrice, a-t-il dit d'un ton pointu, un sourire penaud jouant sur ses lèvres. — J'ai peut-être un peu exagéré la vérité. Je t'en prie, mets-toi à l'aise.

— Tu as exagéré la vérité de deux étages, une entrée privée, un jacuzzi extérieur et plus encore. Je n'en revenais pas du décor contemporain campagnard. L'espace respirait la chaleur et le charme.

— Si ça ne te plaît pas, demande un remboursement à la direction, a-t-il murmuré derrière moi.

Il n'y avait rien à ne pas aimer dans cette suite exclusive. Il y avait définitivement beaucoup à aimer dans la façon dont il me tenait par derrière, se frottant contre mes fesses. Il a niché son visage dans mon cou et y a déposé un tendre baiser, me guidant vers les doubles portes menant à la chambre.

Un lit king-size occupait la majeure partie de l'espace. Des oreillers monochromes et une couverture assortie recouvraient le lit. La salle de bain était facilement assez grande pour accueillir quinze personnes. Une cheminée brillait dans une alcôve du mur et de la vapeur flottait dans l'air.

— Hmm. Je me suis penchée dans son étreinte alors qu'il promenait sa bouche le long de mon épaule.

— Si tu continues à m'embrasser comme ça, je ne pense pas que je voudrai un remboursement.

— Tant mieux. Il m'a lâchée. Une brise fraîche a remplacé sa chaleur derrière moi. — Mais je dois m'excuser. Je dois m'absenter un moment.

— Quoi ?

J'ai pivoté sur mes talons pour lui faire face.

— Réunion d'affaires. Je dois consulter mes partenaires.

Mon cœur est tombé.

— À Noël ?

— C'est l'un des inconvénients d'être un Silver.

— Je devrais partir alors.

Il a secoué la tête. — Non, tu restes ici. Je ne veux pas que tu attrapes ce qu'a Allie. Je vérifierai son état avant ma réunion.

— Tu en auras pour longtemps ?

Il a poussé un profond soupir et ses épaules se sont affaissées. — Très probablement, a-t-il répondu, et mon enthousiasme s'est effondré.

James s'est penché, m'a embrassée sur la joue et est parti. Je suis restée dans la suite pendant quelques minutes, observant mon environnement. Sur la gauche, des parois vitrées entouraient la douche carrelée qui était plus grande que ma salle de bain à la maison. Un nombre ridicule de luminaires décoratifs projetait un somptueux jeu de lumières scintillantes autour du plafond. Il y avait une salle de douche à vapeur séparée et un sauna, tous deux crachant de la vapeur. Deux lavabos en marbre ornaient l'élégante salle de bain, offrant une touche de luxe. Sur les comptoirs se trouvaient des lotions, des articles de toilette et des bougies parfumées, chacun placé dans un magnifique contenant en céramique qui coûtait probablement plus que mon loyer mensuel. Il y avait tout ce que je pouvais désirer, sauf l'homme qui allait avec tout ça.

J'ai verrouillé la porte et me suis affalée sur le canapé près de la cheminée double face. Sa chaleur m'apportait du réconfort tandis que je contemplais le jacuzzi bouillonnant à travers la grande fenêtre. Quelques instants plus tard, le téléphone a sonné.

— Allô ? ai-je dit en décrochant le combiné.

— Allie a de la fièvre, a chuchoté James, sa voix étouffée par un masque. — Julia pense que nous devrions l'emmener à l'hôpital.

— Oh non ! J'arrive...

— Laura, non. Tu ne veux pas attraper ce qu'elle a. Nous allons organiser le transfert d'Allie.

— Merci. J'apprécie vraiment l'aide.

— Bien sûr. Je te verrai demain matin. Bonne nuit, Laura.

— Bonne nuit, James.

J'ai raccroché. L'énorme horloge sur le mur indiquait qu'il ne me restait que six heures avant le matin, pourtant je ne pouvais pas dormir. J'ai enlevé mes chaussures et retiré mes vêtements jusqu'à ce que je ne porte plus que mon soutien-gorge et ma culotte avant de prendre un peignoir luxueux dans la salle de bain et de le serrer autour de moi. Le thermomètre extérieur affichait un maigre -10,5 degrés.

— On ne vit qu'une fois.

J'ai traversé la terrasse pieds nus en courant, abandonnant le peignoir en chemin, et j'ai plongé dans le jacuzzi fumant. Les jets rugissants étaient merveilleux contre mes muscles endoloris. J'ai baissé mon corps jusqu'à ce que l'eau bouillonne jusqu'à mon menton. La vapeur s'élevait autour de moi tandis qu'une fête grondait quelque part à proximité, mais je ne pouvais voir personne. Il ne semblait pas non plus que James reviendrait.

Je suis restée dans le jacuzzi jusqu'à ce que la chaleur pénètre mes os et que mes doigts se fripent. Quand je suis rentrée à l'intérieur, j'ai réalisé que tous mes vêtements étaient restés dans ma chambre. Je me suis dirigée vers un dressing et j'ai passé mon doigt sur les t-shirts soigneusement empilés. J'ai pris celui du dessus, glissant mes bras dans les énormes trous. Le t-shirt m'engloutissait. Il sentait le parfum coûteux et le printemps. Je n'avais pas réalisé à quel point j'avais eu froid jusqu'à ce que ma peau se réchauffe avec la douceur du tissu. Il sentait comme à la maison, mais il n'était pas là.

Fatiguée, je me suis dirigée vers la chambre et me suis glissée sous les couvertures moelleuses. Elles étaient imprégnées de son odeur, comme une drogue tortueuse, me rappelant ce qui aurait pu être. Ma main a caressé les draps doux, et je me suis blottie dans mon oreiller. J'ai dormi sans rêver, mais c'était l'une des nuits les plus confortables que j'avais eues depuis longtemps.

Quand je me suis réveillée et que j'ai ouvert les yeux, je fixais une paire identique : celle de Kensi.

Chapitre 4

James

Leurs gloussements provenaient de la chambre. Je posai mon café et m'approchai de la porte, m'appuyant contre le cadre.

Laura et Kensi étaient allongées sur le lit, bougeant leurs bras et leurs jambes de haut en bas, leur rire emplissant l'air comme la plus douce des mélodies.

Mes vêtements trop grands drapaient la silhouette élancée de Laura, le t-shirt tombant de ses épaules et dépassant largement ses genoux. Une chaleur s'éveilla en moi, serpentant vers le bas tandis que je réajustais mon jean. J'avais envie de la déshabiller, de sentir sa peau douce contre la mienne, et de la dévorer. Mais Kensi était là.

Je m'éclaircis la gorge, les faisant toutes deux sursauter.

— Qu'est-ce qui vous fait rire ?

Laura se redressa et essaya de se composer.

— Regarde, Papa ! On fait des anges dans la neige ! s'exclama Kensi, ses bras battant de haut en bas sur la couette moelleuse.

Ma peau frissonna tandis que je m'éloignais du cadre de la porte pour traverser la pièce. Je m'assis sur le lit à côté de Laura, mes yeux parcourant les courbes de sa poitrine ferme comme un homme affamé devant un festin.

— C'est super, ma chérie. Mais on fait généralement les anges dans la neige dehors. Va t'habiller, Kensi. On va prendre le petit-déjeuner et ensuite on ira faire des anges dans la neige dehors.

— Chouette !

Kensi sauta du lit et courut à travers la suite jusqu'à sa chambre.

— Bonjour, dit Laura en glissant une mèche de cheveux rebelle derrière son oreille. Ses yeux noisette rencontrèrent les miens, et une légère rougeur colora ses joues.

— Bonjour, je me penchai et déposai un baiser sur sa joue. Je vois que tu as fait la connaissance de ma fille.

— Oui, on dirait.

Quelque chose passa sur son visage et je ne pus reconnaître cette expression. Elle semblait... confuse.

— Qu'est-ce qui ne va pas ? Je fis glisser ma main le long de son tibia et enroulai mes doigts autour de sa cheville, caressant sa peau.

— Tu n'as pas mentionné de fille hier.

— Je ne parle jamais de Kensi le jour même où je rencontre quelqu'un.

— Et sa mère ? demanda-t-elle, les sourcils froncés.

— Nous partageons la garde.

Le soulagement envahit son visage, et sa bouche s'étira lentement en un sourire. Je clignai des yeux le premier.

— Kensi est une petite fille incroyable. Le regard de Laura dériva affectueusement vers la porte par laquelle Kensi était sortie. En fait, on s'est rencontrées hier dans le hall d'entrée. Elle était toute excitée par la neige, et ce matin, elle m'a tout appris sur les flocons de neige. Tu savais qu'il n'y a pas deux flocons de neige identiques ?

Elle se redressa sur le lit avec un enthousiasme que j'aurais attendu de Kensi. Sauf que Laura était une femme. La première femme que j'avais autorisée dans mon lit depuis ma séparation avec Tiffany il y a cinq mois. La première dont les seins rebondis me foutaient en transe. Je secouai la tête et relevai mon regard vers le sien.

— Kensi a le don de rendre tout nouveau et passionnant.

Tout comme Laura. Je ne lui dis pas ça. Je ne voulais pas l'effrayer plus que je ne l'avais déjà fait.

Je frottai ma main de haut en bas sur son tibia et me penchai pour murmurer :

— Tu es prête pour le petit-déjeuner ?

— Je meurs de faim.

Je déposai un tendre baiser sur son cou. — Si tu veux te changer et quitter mon t-shirt pour quelque chose qui ne me donnera pas une érection, ta valise est dans le placard. Le petit-déjeuner sera là dans dix minutes.

Je jure avoir vu ses tétons se durcir tandis que je parlais, et mon sexe tressaillit en réponse.

La vue de son corps excité me laissa avec un feu ardent dans les veines. Chaque fibre de mon être me poussait à tendre la main, à la prendre et à la baiser. Là. Sur mon lit.

Mais elle se reprit, se renfermant sur elle-même avant de s'enfuir comme une souris effrayée.

— Je vous rejoins dans la cuisine, couina-t-elle. Je la regardai partir, pas encore tout à fait sûr de ce qui venait de se passer.

Dix minutes plus tard, Laura émergea de la salle de bain, fraîchement habillée et semblant plus que prête à affronter la journée. La vue d'elle rejoignant Kensi et moi à la table à manger, la neige tombant doucement dehors, ressemblait à une scène tout droit sortie d'un rêve. Je perdais complètement la tête devant la perfection de cette scène.

— Et voilà, dis-je en posant une assiette de pancakes fumants devant les filles. J'espère que vous allez aimer.

— Merci, répondit Laura, ses yeux s'illuminant tandis qu'elle attaquait la pile moelleuse. C'est délicieux. Tu es un sacré chef.

— Merci, souris-je. Mais je ne peux pas accepter ton compliment. C'est Kensi qui les a faits avec sa grand-mère ce matin.

— Vraiment ? Laura coupa une autre tranche et trempa le morceau dans le sirop d'érable. Elle se tourna vers Kensi. C'est ta grand-mère qui t'a appris à les faire ?

— Non. Les yeux de Kensi s'écarquillèrent et elle secoua la tête si vigoureusement que ses cheveux, ébouriffés d'avoir dormi dessus mouillés, dansèrent autour de ses épaules. Maman et Mamie l'ont fait.

J'observai le visage de Laura, essayant de lire dans ses pensées.

— Eh bien, je vais être honnête avec toi, Kensi. Ce sont les meilleurs pancakes que j'aie jamais goûtés. Tu vas devoir m'inviter plus souvent pour le petit-déjeuner.

Laura m'adressa un sourire malicieux. Kensi rayonna largement, et j'étais stupéfait qu'il ait fallu moins de douze heures à cette femme pour s'intégrer dans nos vies.

Tandis que nous mangions et discutions de tout, du ski cet après-midi aux livres préférés de Kensi, je m'émerveillai de la façon dont Laura s'intégrait parfaitement dans notre monde. L'air bourdonnait de rires et de chaleur, un équilibre parfait entre moments tendres et banter léger qui me faisait me sentir plus vivant que je ne l'avais été depuis des années.

Mon regard se porta vers la fenêtre, fasciné par une rafale de flocons blancs tombant en cascade sur le monde extérieur. Les vents étaient agités, comme une bête menaçante rôdant au bord de notre demeure, et je savais que ce temps périlleux signifiait que nous devrions bientôt abandonner nos projets de ski sur les falaises glacées.

— Et si on construisait un bonhomme de neige ? proposai-je.

Le visage de Kensi s'illumina.

— Tu peux venir avec nous, Laura ?

— Bien sûr, ma puce. Allons nous emmitoufler et sortons. La voix chaleureuse de Laura me donna la chair de poule.

Nous finîmes le petit-déjeuner et nous habillâmes rapidement avec nos vêtements d'hiver, nous ressemblant à un trio de guimauves colorées dans nos manteaux bouffants et nos écharpes.

Dehors, l'air vif de l'hiver mordait nos joues. D'énormes flocons tombaient paresseusement du ciel, recouvrant le sol d'une épaisse couche de neige immaculée. De grands conifères scintillaient de givre, leurs branches alourdies par le poids de la glace. Niché au cœur d'une pittoresque vallée montagneuse, le Silver Resort ressemblait à quelque chose tout droit sorti d'une boule à neige.

Laura et Kensi s'étaient allongées sur le dos dans la neige fraîche et poudreuse, leurs bras et leurs jambes écartés pour faire des anges de neige parfaits. Le soleil d'hiver brillait, captant tous les minuscules flocons de neige qui scintillaient autour d'elles comme s'il s'agissait de diamants. L'image était à couper le souffle. Malgré l'air glacial qui refroidissait tout le reste, ces deux anges des neiges étincelaient de chaleur et d'espoir. Pendant un instant, il sembla que le monde s'était arrêté.

Après être rentrés à l'intérieur, je préparai deux tasses fumantes de chocolat chaud avec des marshmallows, exactement comme Kensi l'aimait. Quand je revins, Kensi se redressa dans la neige.

— Papa ! Devine quoi ? On est des expertes en flocons de neige maintenant !

Je traversai la terrasse et posai le chocolat chaud sur une table.

— Ah bon ?

— Tu savais qu'il y a des milliards et des milliards de flocons de neige dans un tout petit bout de neige ? lança Laura, souriant tandis que les yeux de Kensi s'écarquillaient.

— Waouh, un septillion ? C'est beaucoup. Kensi se leva d'un bond, sautillant sur la pointe des pieds. Elle courut vers la table et souffla sur la tasse fumante. C'est pour moi ?

— Bien sûr. J'acquiesçai, et elle leva les yeux vers moi.

— On a tout appris sur la neige fraîche. Laura est vraiment intelligente, comme toi, dit-elle entre deux souffles.

— Ah, dis-je. Eh bien, je pense que tu es plutôt intelligente toi-même, ma puce. J'ébouriffai ses cheveux avant de reporter mon attention sur Laura. Ses joues étaient rosies par le baiser de l'hiver. Je pris la tasse de Laura et apportai le chocolat chaud vers elle. Reste à table, Kensi.

En tendant la tasse à Laura, elle commenta :

— Oh, tu as mis des mini marshmallows ?

— Bien sûr. Je ne suis pas un monstre.

Elle rit, et nous regardâmes tous deux Kensi, qui était totalement concentrée à refroidir le liquide fumant dans sa tasse avec son souffle.

— Vous avez une belle connexion tous les deux. La voix de Laura était un mélange d'émerveillement et d'incrédulité.

— Merci. Une chaleur se répandit en moi à ses mots. C'est la meilleure chose qui me soit jamais arrivée.

— Mais elle doit ressembler à sa belle-mère parce qu'elle ne te ressemble pas du tout.

Gardant Kensi en vue, nous nous éloignâmes des empreintes d'anges de neige.

— Tu as raison et tort. Je ne sais pas à quoi ressemble sa mère biologique parce que nous avons adopté Kensi. Mais elle devait être belle.

— Devait ?

— Elle est morte à la naissance.

— Je suis désolée. C'est tellement triste. Kensi le sait ?

— Elle est trop jeune, mais quand le moment sera venu, on le lui dira.

— Et la mère actuelle de Kensi ne voulait pas passer Noël avec elle ?

Tiffany avait le cœur set sur être avec elle pour les fêtes, mais c'était mon tour d'avoir du temps de qualité avec notre belle fille.

— Nous avons un arrangement. Tiffany passera du temps avec Kensi après le Nouvel An.

— Donc, pas de temps seul avec le casse-noisette ? La bouche de Laura s'étira en un sourire malicieux.

Au milieu du tourbillon de chaos et de rires qu'était la vie de famille, le temps seul semblait être un rêve fugace. Être parent d'une enfant de cinq ans signifiait que les moments de répit étaient durement gagnés et savourés comme s'ils étaient des pierres précieuses.

— Kensi se couche à vingt heures trente et ce soir, elle dort chez ses grands-parents.

Laura s'approcha, enroulant sa main libre autour de ma taille et pressant sa hanche contre mon sexe qui durcissait, effleurant le désir qui ne demandait qu'à être libéré. Son contact rendait encore plus difficile de contenir une tension de désir qui ne voulait rien d'autre que d'être libérée.

— Est-ce une invitation, M. Silver ?

J'ai baissé la tête vers son oreille. — Ça dépend. As-tu été une gentille fille ou une vilaine fille cette année ?

Un sourire malicieux tira ses lèvres vers le haut dans un rictus presque féroce, ses yeux brillant de malice. — J'ai été une gentille fille. Mais je veux être une vilaine fille ce soir, tu sais, juste pour voir ce que ça fait d'être ta vilaine fille.

Je me suis frotté contre sa hanche. — Tes désirs sont des ordres, ai-je murmuré, ma langue longeant son oreille. Elle s'est écartée, faisant un signe de tête à Kensi, qui a sauté de son siège et s'est dirigée vers nous.

— J'ai fini mon chocolat chaud. C'est l'heure du bonhomme de neige. Elle a tapé dans ses mains.

Encore une demi-heure et ma fille s'endormirait pour une sieste, me laissant du temps seul avec Laura.

— Allez, équipe, ai-je dit en me frottant les mains. Mettons-nous au travail sur ce bonhomme de neige.

Kensi a pris les commandes, nous donnant, à Laura et moi, des instructions sur l'endroit où placer les boules de neige pendant qu'elle supervisait. Nous avons roulé d'énormes sphères de neige à travers le jardin, chacune devenant plus grande et plus lourde à mesure qu'elle ramassait des couches du sol.

— Sa base doit être plus grande ! Kensi observait notre progression comme un patron. Si on veut qu'il soit le meilleur bonhomme de neige de tous les temps, il lui faut une base solide.

— Compris, chef. Laura a salué Kensi avec espièglerie avant de se remettre au travail sur la base du bonhomme de neige.

Alors que nous construisions le bonhomme de neige ensemble, les rires synchrones de Kensi et Laura résonnaient dans l'air froid. À cet instant, toutes mes inquiétudes se sont évanouies, me donnant l'espoir que ce serait le meilleur Noël de tous les temps.

Kensi était dans son élément, donnant des ordres comme un général miniature pendant que Laura et moi roulions d'énormes boules de neige à travers le jardin. La base du bonhomme de neige avait finalement atteint les normes exigeantes de Kensi, nous laissant nous attaquer à la section médiane.

— Tu as déjà pensé à avoir d'autres enfants ? a demandé Laura, affichant un sourire alors que nous hissions la deuxième boule de neige sur la base.

— Plus de petits monstres qui courent partout ? J'ai feint l'horreur, riant à cette idée. J'y ai pensé, mais comme tu peux le voir, Kensi me tient déjà suffisamment occupé.

— C'est compréhensible, a-t-elle dit en brossant la neige de ses mitaines. Mais vraiment, j'ai toujours voulu une fille. Je veux dire, je serais ravie d'avoir un fils aussi, mais quelque chose à propos d'avoir une petite fille... Je ne sais pas. Ça semble juste. Pas maintenant, bien sûr. Merde, je ne suis vraiment pas prête pour ça maintenant, mais un jour, quand le moment sera venu, tu vois ?

— On dirait que tu ferais une excellente mère, lui ai-je dit sincèrement, regardant ses yeux s'illuminer de chaleur. Mais si tu ne veux jamais que la vie bousille tes plans, ne les dis pas à voix haute.

Laura a fait une pause, tapotant la neige pour compacter la boule. — Je prends la pilule si tu t'inquiètes. Les enfants sont hors de question pour le moment, mais quand je vous regarde, Kensi et toi, ensemble, c'est difficile de ne pas souhaiter quelque chose comme ça dans le futur.

— La vie a une drôle de façon de nous surprendre. Kensi a été adoptée, mais ce n'était pas prévu. C'était une décision rapide, et avant que je m'en rende compte, j'étais le père d'une petite fille nouveau-née. Je lui ai donné une tape rassurante sur l'épaule. Ce que j'essaie de dire, c'est qu'on ne sait jamais ce que l'avenir nous réserve.

— Hé, vous deux ! a appelé Kensi. Moins de bavardage, plus de construction de bonhomme de neige !

— Compris, chef ! a crié Laura en retour, sa mélancolie antérieure remplacée par un sourire espiègle. Nous avons sculpté le torse du bonhomme de neige sous l'œil vigilant de Kensi.

J'ai jeté un coup d'œil à Laura, — La vie est trop courte pour ne pas prendre de risques, même s'ils te font une peur bleue. Être père est le meilleur travail que je puisse avoir, et je ne l'échangerais pour rien au monde.

Ses yeux ont brillé, mais son front s'est plissé de lignes d'inquiétude. La lire était comme essayer de déchiffrer la machine Enigma.

Le bonhomme de neige était terminé, une sentinelle fière gardant notre igloo naissant. Laura semblait absorbée par l'ajout des touches finales - des brindilles pour les bras, un vieux chapeau et un nez en carotte tordu. Ses yeux pétillaient d'un plaisir enfantin, remontant le moral de Kensi.

— Papa, je vais aux toilettes.

— Lave-toi les mains, Kensi.

Elle est rentrée en courant. — Je devrais aller vérifier dans une minute, parce que je suis sûr qu'elle s'endormira sur le chemin du retour.

Laura a posé sa tasse de chocolat chaud vide sur la table. —

Était-ce plus difficile de maintenir ta relation avec Tiffany après avoir eu Kensi ? a-t-elle demandé doucement, ses yeux noisette remplis de curiosité.

— À vrai dire, ai-je admis, notre relation était déjà tendue à ce moment-là. Quand Kensi est arrivée, nous avons essayé de faire fonctionner les choses pour elle, mais nous nous sommes simplement éloignés. Nous serons toujours engagés à élever Kensi ensemble, cependant.

Laura a hoché la tête, son regard s'attardant sur l'igloo que nous avions construit avant le bonhomme de neige. La neige scintillait sous la lumière du soleil, projetant une douce lueur sur notre création confortable.

— Voudrais-tu voir l'intérieur ? ai-je demandé, lui offrant ma main.

— Bien sûr. Elle l'a prise sans hésitation.

À l'intérieur de l'igloo, la chaleur de nos corps tempérait l'air froid. Nous étions assis proche l'un de l'autre, nos souffles se mélangeant dans l'espace confiné.

— James, a murmuré Laura, ses yeux rivés aux miens, je veux que tu saches que je pense que tu es un père incroyable. La façon dont tu prends soin de Kensi... C'est inspirant.

— Merci, ai-je murmuré en me penchant vers son oreille. Ça compte beaucoup pour moi.

— Ton amour pour elle est magnifique, a-t-elle chuchoté. Si j'ai la chance de devenir parent un jour, j'espère seulement être aussi dévouée que toi.

J'ai enlevé son bonnet et ai niché mon nez dans ses cheveux, inspirant. Elle sentait... délicieux.

— Quelque chose me dit que tu serais fantastique, Laura. Ma voix était à peine audible.

L'air entre nous crépitait d'électricité. Nous étions enfin seuls, entourés de neige et de silence.

Je me suis penché et ai pressé doucement mes lèvres contre sa bouche douce. Elle avait un goût de chocolat sucré. Notre baiser, d'abord hésitant, s'est approfondi à chaque coup de langue.

— Hé, Papa, regarde ce que j'ai fait ! La voix de Kensi a résonné à travers l'igloo.

Nos lèvres se sont séparées, et mes yeux se sont grand ouverts. Ce n'était pas à cause de Kensi. C'était à cause de Laura — parce que je ne m'étais jamais senti aussi intime avec quelqu'un, si connecté et fusionné. Nous étions deux personnes, mais nous étions aussi un couple. Mon cœur battait au même rythme que le sien. Ma respiration coïncidait avec la montée et la descente de sa poitrine, et nos corps ne faisaient qu'un. Mais je voulais plus. Beaucoup plus. Je voulais Laura.

Kensi est apparue, tenant une petite sculpture de neige. — C'est un chaton.

— C'est incroyable, Kensi. Le petit chat ressemblait à un rat, mais comment pouvais-je le lui dire ? Tu n'es pas fatiguée ?

— Pas encore.

J'ai regardé Laura, qui essayait de cacher un sourire narquois. Peut-être que c'était pour le mieux parce que si je prenais Laura ici, nous ferions fondre l'igloo.

— Je peux le mettre à côté de notre bonhomme de neige dehors ? Elle s'est soulevée, rebondissant sur ses talons. D'où venait toute cette énergie ?

— Bien sûr, ma chérie, ai-je accepté, adressant à Laura un sourire d'excuse. On sera dehors dans une minute.

— D'accord. Kensi est partie en courant, nous laissant Laura et moi à nouveau seuls.

— Le temps seul est difficile à trouver quand on est parent, hein ? Laura a ri, ses yeux noisette pétillant d'amusement.

— Apparemment. J'ai soupiré, passant une main dans mes cheveux. Mais je ne l'échangerais pour rien au monde.

— Et tu ne devrais pas. C'est une petite fille incroyable.

— C'est une petite fille qui a besoin d'une sieste, parce que j'ai une surprise pour toi.

— Une surprise ?

— On dirait que la tempête s'est calmée. J'ai pointé le ciel. Ce qui signifie que nous pouvons aller skier.

Ses yeux se sont illuminés. — Vraiment ?

J'ai hoché la tête.

Nous sommes sortis de l'igloo, et j'ai soulevé Kensi dans mes bras. — C'est l'heure de la sieste, ma chérie.

— Je ne veux pas.

— Tu veux être en forme pour aider grand-mère à cuisiner demain. Elle fait une tarte aux pommes, et elle a besoin de ton aide pour le crumble.

Kensi a réfléchi un moment, puis a crié : — Je te fais la course jusqu'à la porte ! Elle a glissé le long de mon corps et s'est élancée avec une impressionnante poussée de vitesse.

— Hé, c'est pas juste ! a crié Laura avec espièglerie, partant à sa poursuite, me laissant dans leur sillage poudré.

Kensi s'est déclarée gagnante avant que je n'atteigne la porte, et elle et Laura ont débattu de qui aurait gagné si elles avaient commencé en même temps.

— La prochaine course, suis-je intervenu en essuyant la neige de mon visage, j'ai cinq secondes d'avance.

— D'accord ! Kensi a accepté immédiatement, ses yeux brillant de malice.

Un sourire narquois a tiré la bouche de Laura. — Tu en auras besoin, a-t-elle taquiné, me poussant du coude alors que nous entrions.

— C'est un défi ?

— Plus une promesse, a-t-elle rétorqué, sa voix débordant de rire.

Nous avons enlevé nos vêtements d'hiver et nous nous sommes installés dans la chaleur générée par le feu.

— C'est l'heure de ta sieste, Kensi.

— Laura peut me border ? a-t-elle demandé.

— Oui, elle peut.

J'ai senti la chaleur de l'envie et du plaisir inonder mes veines. Leur connexion me faisait désirer une partenaire dévouée qui chérirait ma fille.

Quelques instants plus tard, Laura m'a tiré de mes pensées. — Elle dort. Tu as été bien silencieux. Tout va bien ?

— Ça va.' J'ai forcé un sourire. 'J'avais juste la tête ailleurs, je suppose. Viens ici. J'ai agité mon doigt pour qu'elle me rejoigne sur le canapé près de la cheminée. Elle s'est assise à côté de moi et j'ai passé mon bras autour d'elle. — Le temps s'est éclairci. Ma mère sera là dans dix minutes pour rester avec Kensi. On va skier.

— Dix minutes ? Je peux faire beaucoup en dix minutes. Elle a passé sa main sur ma poitrine et s'est blottie contre moi, posant sa tête sur mon torse. J'ai embrassé le sommet de sa tête.

— Ce que j'aimerais faire avec toi nécessite plus que quelques minutes, mais l'hélicoptère est prêt.

Elle s'est redressée.

— Un hélicoptère ?

J'ai hoché la tête. — Il nous déposera près du sommet.

Elle a sauté du canapé et dansé en rond.

— Je vais pouvoir faire du ski !

Elle s'est jetée dans mes bras, s'agrippant à mon cou comme un petit singe. Mes mains ont trouvé naturellement leur place sous elle pour la soulever, et elle a enroulé ses jambes autour de ma taille. J'ai apprécié la sensation de son corps contre le mien. Sa poitrine, couverte d'un pull que je jugeais trop épais, se pressait contre moi. Ses jambes musclées enserraient mes hanches. Ses ongles grattant doucement mon cuir chevelu, une excitation électrique a traversé mon entrejambe, durcissant mon sexe avant même que je ne m'en rende compte. Un grognement m'a échappé involontairement.

— Si j'avais su que ça te ferait cet effet-là, je l'aurais proposé bien plus tôt,' ai-je lancé d'un ton taquin.

Chapitre 5

Laura

Sa main sur les extrémités arrondies de mes skis, il demanda : — Freestyle ?

— Eh bien, parfois il faut savoir skier en arrière, dis-je en haussant les épaules.

James remonta la fermeture éclair de ma veste. J'attachai mes chaussures à moitié et posai un casque sur ma tête. — Bon, je suis prête à y aller.

— Gants ? Il prit mes mains dans les siennes, ce contact faisant naître des doutes sur cette sortie ski, car j'aurais préféré sentir ses caresses partout sur mon corps.

— Hum, m'éclaircis-je la gorge, je préfère les moufles. Elles me tiennent plus chaud.

Je sortis les moufles des poches de ma veste et les enfilai. — Où est ton équipement ?

— Tiens, près des gradins. Viens.

Nous chaussâmes nos skis et slalomâmes du chalet familial jusqu'à une aire d'atterrissage d'hélicoptère vide. James retira ses skis en hâte et m'aida à charger les miens dans l'hélicoptère. Nous grimpâmes à l'arrière et mîmes les casques sur nos têtes.

— Vous ne pilotez pas, M. Silver ? demandai-je.

— Pas aujourd'hui, Mlle Young.

Il ferma la porte et attacha ma ceinture de sécurité.

— Ah bon ? Je plaisantais. Tu sais vraiment piloter ?

— Je suis un homme aux multiples talents. Il me fit un clin d'œil. — Alors, Mlle Young ? Quel niveau de ski as-tu ? Je dois le dire au pilote pour savoir où nous diriger.

— Je me débrouille. Étonne-moi avec ce que tu as en réserve.

— N'oublie pas qu'il n'y aura aucune aide une fois au sommet.

— Ne t'inquiète pas, James. J'ai hâte d'y être. Emmène-moi quelque part avec des pentes, mais évite les bosses — j'ai eu une terrible expérience la dernière fois. J'étais couverte de bleus de la tête aux pieds, et mes fesses étaient un vrai tableau de couleurs.

Il rit, ses larges épaules tressautant. — Je connais l'endroit parfait.

Le moteur de l'hélicoptère rugit. Les pales tournantes provoquèrent un frisson dans la cabine, et mes genoux tremblèrent.

— Tu es déjà montée dans un hélicoptère ? demanda-t-il.

— J'ai survolé le Grand Canyon pour ma fête d'anniversaire de mes 16 ans. J'ai l'impression que c'était il y a une éternité.

Je regardai par la fenêtre la vue de la vallée en contrebas. Les montagnes enneigées s'élevaient dans un ciel bleu. L'air était glacial et vif, et le chalet en bas semblait fascinant.

À mesure que nous montions de plus en plus haut, je m'agrippai à son bras. — Si ce n'est pas James Bond qui m'emmène, je ne sais pas ce que c'est ! Regarde par là ! Je fis un signe de tête vers la rivière derrière le chalet. — C'est le ruisseau qui alimente la cascade ?

— C'est ça.

Le pilote se dirigea vers la montagne. Le ciel limpide offrait un décor pittoresque, la neige de la nuit précédente ayant dérivé vers l'est, saupoudrant les branches des arbres. Malgré cette transformation, la rivière restait intacte.

Je serrai fermement sa main jusqu'à ce que nous atterrissions.

— Je n'arrive pas à croire que ça arrive. Le son de mon cri résonna dans la vallée. Nous récupérâmes notre équipement et nos sacs d'avalanche, puis nous nous emmitouflâmes. Avec les lunettes sur les yeux et un masque couvrant ma bouche, j'étais prête à skier. L'hélicoptère décolla, nous laissant au sommet de la montagne.

— Tu es prête, Young ?

— Montre-moi le chemin !

Il planta ses bâtons de ski dans la neige et laissa la gravité prendre le contrôle. Je restai près de lui à une longueur de bras, suivant un trajet similaire en descendant la montagne. Ses compétences en ski étaient impressionnantes, il traçait avec grâce à travers la poudreuse immaculée. Il glissait sur la montagne avec une aisance sans effort, chaque virage étant fluide et précis. Les carres de ses skis mordaient dans la neige tandis que je glissais derrière lui, déplaçant mon corps en harmonie avec le contour de la montagne.

La pente raide rendait le terrain difficile, mais on aurait dit une danse. La poudreuse scintillante tourbillonnait derrière nous en un fin nuage cristallin alors que nous descendions, créant une traînée fascinante de cristaux pris dans la lumière du soleil. De temps en temps, je m'élançais d'un saut, atterrissant en douceur et continuant ma descente sans perdre le rythme. L'air vif me maintenait alerte, me poussant à aller plus vite, à tailler plus net et à me défier à chaque nouvelle section de la pente.

Le vent poussait contre nos poitrines alors que nous dévalions la pente. Bientôt, mes jambes brûlaient de fatigue, et nous nous arrêtâmes pour reprendre notre souffle sur un plateau. La vue époustouflante s'étendait jusqu'à l'horizon alors que je l'admirais.

— Ça va ? Il remonta ses lunettes sur sa tête.

J'enlevai mon masque et expirai. Un nuage de vapeur suivit dans l'air froid. — C'est la meilleure journée de ma vie ! Rien ne peut surpasser ça, Silver. Rien.

— On verra bien. Il me fit un clin d'œil.

Je remuai le nez, sentant une odeur de fumée.

— Tu sens ça ? demandai-je.

— Ça vient de là-bas. Il pointa du doigt en bas de la pente. — Viens.

Je le suivis en descendant la colline vers la fumée. Nous skiâmes autour d'une rangée d'arbres et nous arrêtâmes devant une grotte.

Je restai immobile.

J'avais tort. J'avais tellement tort de penser qu'il ne pouvait pas faire mieux que l'hélicoptère.

À l'intérieur de la grotte, les parois scintillaient de formations cristallines, captant et reflétant la douce lueur d'innombrables bougies. La lumière chaude révélait une table méticuleusement dressée pour deux, ornée de vaisselle délicate et de verres étincelants. Je haletai, réalisant qu'il avait orchestré ce moment magique. Chaque détail, du goutte-à-goutte de la neige fondante aux douces flammes vacillantes des bougies, en faisait un moment inoubliable, une poche de chaleur et de romantisme au milieu de la froide majesté de la montagne.

— James, c'est... C'est magnifique.

— Tu ne croyais quand même pas que j'allais t'avoir dans mon lit sans un vrai rendez-vous ?

Je détachai mes chaussures des skis, et il fit de même.

— Un rendez-vous ? demandai-je. C'est bien plus qu'un rendez-vous. Je... Je n'arrive pas à croire que tu aies fait ça.

Nous plantâmes nos skis et nos bâtons dans la neige. Il prit ma main et me conduisit à l'intérieur. Je n'arrivais pas à fermer la bouche. La scène était absolument parfaite. Il sortit une bouteille de vin rouge d'une glacière et la déboucha avec une précision rapide. L'arôme de ses feuilles sèches et de ses mûres dodues emplit l'air de la grotte.

— J'ai demandé au chef de préparer ton plat préféré, dit-il en versant le liquide rouge dans deux verres. J'espère que tu as envie de steak et de purée.

— Non, sans blague ? dis-je, encore un peu abasourdie par tant de prévenance. Comment savais-tu ?

— J'ai mes sources, Mlle Young.

Il tira ma chaise pour que je m'assoie, puis prit place. — Mangeons, dit-il en levant son verre.

Nous trinquâmes avant de prendre une gorgée du vin riche et fruité. Le steak était cuit à la perfection, tendre et juteux, et la purée était crémeuse avec juste ce qu'il fallait de beurre. La conversation allait bon train, passant de nos métiers à nos souvenirs d'enfance préférés. À chaque instant qui passait, je me sentais attirée par lui, intriguée par ses histoires et amusée par ses blagues.

Il débarrassa les assiettes de notre dîner, les rangeant dans un sac à dos, et je réalisai à quel point j'avais oublié le reste du monde. En cet instant, tout ce qui importait était la vue magnifique sur les montagnes, le superbe homme assis en face de moi, et le romantisme absolu de l'après-midi. Avant que je ne m'en rende compte, les bougies avaient presque fini de brûler, et nous devions partir.

— Je ne veux pas que cet après-midi se termine, murmurai-je.

— Eh bien, il n'est pas obligé de se terminer, répondit-il. Tu as mal où ?

J'étirai mes bras au-dessus de ma tête. — Un peu. La poudreuse était difficile.

— On devrait y aller alors. J'ai une surprise pour toi.

— Encore une ? Qu'est-ce que c'est ?

— Ce ne serait plus une surprise si je te le disais.

Je n'étais pas habituée à être autant gâtée par quelqu'un. — M. Silver, si vous essayez d'entrer dans mon pantalon, vous m'aviez le soir où nous nous sommes rencontrés à la porte. Je me mis sur la pointe des pieds et déposai un doux baiser sur ses lèvres.

Un cri résonna en bas de la colline, et je fis un bond en arrière. L'instant d'après, mes chaussures étaient attachées et j'étais sur mes skis, fonçant en bas de la pente derrière un jeune garçon qui agitait ses bras en l'air en pleurant. Il ne passerait pas le virage à cette vitesse.

Je filai derrière lui, élargissant ma position. Je lâchai mes bâtons de ski et le saisis sous les bras. Mes jambes brûlaient à cause de la vitesse et du poids tandis que je le soulevais du sol. Je déplaçai mon poids vers la droite, tournant mes skis pour arrêter notre élan. Un mur de poudreuse jaillit de sous les skis.

— Ça va ? demandai-je.

— Je n'arrivais pas à m'arrêter ! pleura le garçon.

— C'est bon. Je te tiens. Comment t'appelles-tu ?

— Trevor.

— Tu es le fils d'Axel Wagner ?

Il hocha la tête.

Je levai les yeux vers la colline et vis James approcher, avec celui que je supposais être Axel.

— Tout va bien ? Vous filiez comme des flèches. James s'arrêta juste en dessous de nous, comme pour sécuriser la pente. Je remis Trevor à son père.

— Merci infiniment. Je vous suis reconnaissant.

— Je vous en prie. On dirait que la sangle du harnais s'est cassée, mais Trevor s'en est bien sorti tout seul. Je m'accroupis près du garçon et l'examinai avant de me retourner vers Axel. — Avez-vous besoin d'aide pour descendre la montagne ? Si vous utilisez deux bâtons de ski, Trevor peut s'accrocher et skier entre vos jambes.

— Oui, merci. Je peux gérer ça. Merci encore.

— Il n'y a pas de quoi.

Nous avons skié avec Axel et Trevor qui nous suivaient de près pour assurer une descente en toute sécurité avant de retirer nos skis. Nous les avons posés sur un rack près de l'entrée du hall.

— Tu me traites de Bond, mais c'est toi qui fais tous les exploits, Mlle Young.

Je gémis, fis craquer mon cou sur le côté et étendis mes bras au-dessus de ma tête. — Je pense que mon corps va me le faire payer plus tard.

Il a tenu la porte d'entrée ouverte, m'invitant à entrer. Je me suis arrêtée dès que j'ai entendu le brouhaha près du comptoir d'accueil. Cece et Candy, vêtues de combinaisons de ski style lapin des neiges, tapaient chacune du pied avec impatience. Le réceptionniste au bureau avait un combiné pressé contre son oreille.

— Merde. James a reculé lentement vers l'extérieur, et j'ai suivi son exemple.

— Elles te cherchent ?

— Je les évite depuis notre arrivée.

— Tu peux simplement dire non.

— Ce n'est pas aussi facile que ça en a l'air.

J'ai gloussé.

Nous avons glissé le long du chemin enneigé dans nos chaussures de ski. Le sol glissant m'obligeait à m'accrocher à James comme si ma vie en dépendait.

— Où allons-nous ? ai-je demandé tandis que nous glissions.

— Nous allons emprunter le chemin de service pour accéder au spa, en passant par la salle de maintenance.

Nous nous sommes arrêtés devant une porte en acier, et James a tapoté sa montre. Le voyant de sécurité a clignoté, et il a déverrouillé la serrure. Je l'ai suivi à l'intérieur.

— Te voilà redevenu James Bond !

— Attends, a-t-il dit en tendant la main pour m'arrêter. Maintiens cette porte ouverte pendant que j'ouvre l'autre, sinon on risque de se retrouver coincés dehors.

— Pas de problème.

Il a déverrouillé la porte intérieure et m'a fait signe d'approcher. Quelques instants plus tard, nous nous sommes retrouvés à nouveau devant la cascade, regardant vers le haut.

— Alors, le spa est encore fermé ? ai-je ri, mon écho résonnant dans l'espace.

— Ton rire... a-t-il commencé.

— Quoi ? ai-je demandé en penchant la tête.

Le reflet de la lumière dansait dans ses yeux. — Il est capti-vant. Ton rire est comme une mélodie. Tu es captivante.

Il s'est rapproché, et j'ai fermé les yeux, mais je n'ai pas senti le baiser auquel je m'attendais. Au lieu de cela, il s'est penché près de mon oreille et a chuchoté : — J'ai réservé tout le spa, rien que pour nous.

Son souffle chaud a effleuré mon oreille, sa chaleur se répan-dant dans tout mon corps. Sans un mot de plus, il s'est baissé et m'a retiré une chaussure de ski, puis l'autre. Il s'est rapidement débarrassé des siennes, a pris ma main, et nous nous sommes dirigés vers le spa.

J'ai pris une douche dans le vestiaire des femmes, m'attendant à moitié à ce qu'il me rejoigne, mais il ne l'a pas fait, et nous nous sommes retrouvés dans le sauna, comme convenu.

La chaleur du sauna m'a frappée comme un mur de briques, faisant perler la sueur sur ma peau. L'air chaud et humide, chargé d'essences de bois, enveloppait nos corps. James était assis sur l'un des bancs en bois, une serviette drapée sur ses genoux. Il m'a fait signe de m'asseoir à côté de lui, et j'ai obtempéré, mes yeux parcourant son corps musclé et dur. Il a pris un pichet d'eau et l'a versé sur les pierres chaudes. La vapeur a sifflé et rempli la pièce. J'ai fermé les yeux et respiré la chaleur, la laissant s'infiltrer dans mes pores.

Il s'est assis à côté de moi, sa serviette effleurant ma peau, et j'ai ouvert les yeux, me tournant vers lui.

— Alors, quelle est la suite du programme ? Ma voix trem-blait. Malgré mon assurance précédente, je n'étais pas tout à fait sûre de ce dans quoi je m'embarquais.

Non. C'était un mensonge. Je savais exactement dans quoi je m'embarquais.

James a souri. — Pour l'instant, détends-toi simplement.

Malgré mes efforts pour suivre son conseil, mon esprit était consumé par mon plus grand désir. Lui. Lui sur moi. Lui en moi. Lui partout sur moi. Ma tête tournait à cause de la chaleur jusqu'à ce que je sente sa main se poser sur mon genou, et tous mes sens se sont concentrés sur ce contact brûlant. Ses doigts pétrissaient doucement ma peau, remontant vers l'intérieur de ma cuisse. J'ai écarté les genoux et gémi doucement, mes yeux s'ouvrant pour le regarder. Je n'avais pas voulu faire ce bruit, mais son toucher était une torture.

— Tu es magnifique, a-t-il murmuré, son regard rencontrant le mien. Tu le sais ?

J'ai dégluti, sentant mon cœur s'accélérer.

Il s'est penché et a embrassé ma joue, son souffle chaud descendant le long de mon cou. Il s'est étiré sur mon corps, me tenant en angle, et a embrassé l'autre côté de mon visage.

Je voulais m'abandonner à son toucher. Je voulais qu'il m'embrasse jusqu'à ce que mes lèvres soient gonflées et meurtries. J'avais besoin de sa bouche sur ma peau et qu'il me prenne comme aucun homme ne m'avait jamais prise auparavant. L'idée d'être dévorée mettait mon corps en feu et faisait se dresser tous les poils de ma nuque. Mais je me suis écartée.

— Qu'est-ce qui ne va pas ? Il a caressé mon sourcil de son pouce.

— J'ai oublié ma pilule hier. Je... je commence un nouveau travail en janvier, et...

— Les préservatifs fonctionnent. Ils sont efficaces à 98 %.

— La pilule est efficace à 99 %. Si elle est prise correctement. Et comme j'ai oublié la mienne hier...

Ma voix s'est éteinte et j'ai plongé mon regard dans ses beaux yeux bleus. Il m'a alors embrassée, ses lèvres pressant les miennes, et je me suis adoucie sous son toucher. Sa langue a effleuré très délicatement, et j'ai gémi dans sa bouche. Mon bas-ventre était douloureux d'un besoin brûlant.

Ses mains ont glissé vers mes épaules, leur pression me forçant à m'allonger sur le banc. Ses doigts chatouillaient ma peau en descendant vers la brassière de sport — ou était-ce un crop top ? — exposant ma peau centimètre par centimètre à mesure qu'il progressait vers le sud. Il a glissé son doigt sous la serviette et ma poitrine s'est soulevée. Le tissu est tombé, révélant mes seins. La chaleur irradiait de ses doigts alors qu'ils traçaient un chemin brûlant autour de l'un de mes mamelons, le taquinant avec de légers cercles jusqu'à ce qu'il durcisse sous son toucher. Ses doigts l'ont pincé doucement, puis plus fort, avant de masser mes deux seins avec habileté. Je me suis détendue contre lui, haletant alors que ses mains descendaient plus bas et que sa bouche parcourait ma clavicule. Il s'est à nouveau pressé contre moi.

— Je te veux, Laura. Sa voix était épaisse de désir.

Ma tête s'est embrumée et je l'ai rejetée en arrière, mais un coup ferme à la porte du sauna m'a ramenée au présent.

— Monsieur Silver, les pierres chaudes sont prêtes.

James a grogné.

— Merde. J'avais oublié le massage. Il a fait une pause, regardant autour du hammam comme s'il cherchait un endroit parfait où nous pourrions nous cacher. — J'aimerais finir ce que nous avons commencé, mais pas ici.

— Ah, a été la seule chose que j'ai pu prononcer.

Il a ramassé ma serviette et l'a enroulée autour de moi, en coinçant les extrémités au niveau de ma poitrine. — Viens. Tu ne veux pas manquer ça.

Il a ouvert la porte. L'air frais a frappé mon corps, et mes jambes semblaient en coton alors que nous suivions la masseuse dans une pièce avec deux tables.

L'ambiance accueillante a calmé mes nerfs. Un éclairage tamisé soulignait les silhouettes de bougies stratégiquement placées. L'air était imprégné du doux parfum de lavande et d'eucalyptus. Une douce musique instrumentale jouait en fond, créant un cocon de sérénité qui semblait à des kilomètres du monde extérieur agité.

— Allongez-vous sur le ventre et couvrez-vous avec une serviette.

La table de massage, drapée de draps propres et doux, m'invitait. Je me suis installée sur le matelas, j'ai détaché ma serviette et l'ai laissée pendre mollement sur mon milieu. J'ai tourné la tête sur le côté et j'ai vu James allongé sur la table à côté de la mienne.

— Mets ta tête dans le trou. Ce sera plus confortable.

J'ai acquiescé et fait comme il avait dit. Quand la masseuse a placé la première pierre chaude sur mon dos, un soupir involontaire s'est échappé de mes lèvres. La sensation était incomparable à tout ce que j'avais pu ressentir auparavant. Elle a ajouté des pierres jusqu'à former une colonne le long de ma colonne vertébrale. J'ai relevé la tête et me suis tournée vers James à nouveau. Une pierre chaude a roulé le long de mon dos.

— On reçoit le même traitement ? ai-je demandé.

— Oui, a-t-il murmuré. Mais j'ai l'impression que tu ne sais pas comment te détendre.

Comment pouvais-je me détendre ? J'étais à moitié nue, dans une pièce avec un homme délicieux qui me gâtait.

La voix de James a brisé le silence. — Laisse simplement aller toutes tes pensées, Laura.

J'ai fermé les yeux et essayé de me détendre. Je me suis concentrée sur ma respiration et j'ai senti chaque pierre irradier de chaleur sur mon dos, détendant les nœuds dans mes muscles. Les pierres, parfaitement chauffées, ressemblaient à de minuscules soleils, leur chaleur soulageant la douleur dans mes membres. Chacune effaçait les tensions et les soucis qui s'étaient nichés dans chaque recoin de mon être.

Les mains habiles de la thérapeute se déplaçaient en tandem avec les pierres et je me suis laissée glisser dans un état de quiétude mentale. La chaleur a fait fondre mes inquiétudes jusqu'à ce qu'il ne reste plus qu'un calme bienheureux. Alors qu'elle les faisait glisser sur ma peau, les nœuds et la tension dans mes muscles se sont relâchés. Le poids et la chaleur ont extrait le stress, laissant derrière eux une tranquillité absolue. De temps en temps, la thérapeute remplaçait une pierre qui s'était refroidie par une nouvelle fraîchement chauffée, assurant une chaleur constante et enveloppante tout au long de la séance. De plus petits galets ont trouvé leur place dans mes paumes, entre mes orteils, et même nichés dans la courbe de mon cou. Chaque placement semblait délibéré, ciblé et immensément apaisant.

Alors qu'elle progressait, de la nuque, à travers mes épaules et le long de ma colonne vertébrale, une sensation de relaxation complète s'est emparée de moi. Chaque pensée et inquiétude s'est évaporée, remplacée par la danse rythmique de la chaleur et de la pression.

La masseuse a retiré les pierres et a commencé par des caresses douces. Sauf que quelque chose ne collait pas. Ses mains étaient plus fortes, la pression plus grande et les doigts plus insistants, et j'ai lentement réalisé que c'étaient les mains de James.

Chapitre 6
James

Le spa était un havre de tranquillité. L'air embaumait le citron et la lavande, créant une atmosphère de détente absolue. Une musique douce jouait tandis que ma masseuse défaisait les nœuds de mes épaules, l'huile essentielle de citronnelle apaisant mes sens. Pourtant, je n'arrivais pas à me détendre.

Je levai la tête et me tournai sur le côté, croisant le regard de la masseuse. Elle recula à ma demande silencieuse. Je posai mon index sur mes lèvres, demandant à la masseuse de Laura de rester discrète. Elle retira les dernières pierres chaudes du dos de Laura et s'en alla tandis que je prenais sa place.

Laura s'allongea sur le ventre. Ses épaules se soulevaient et s'abaissaient au rythme de sa respiration calme. Je laissai mon regard parcourir son corps, sur les muscles fins qui dessinaient sa peau hâlée. Je versai de l'huile de massage dans mes paumes et glissai mes mains le long de son cou et de ses épaules, pétrissant les tensions.

Elle tressaillit.

— James ? Elle essaya de se redresser, mais j'appuyai doucement.

— Eh là, détends-toi.

— Détends-toi.

Elle prit une inspiration saccadée mais ne protesta pas. Je dissimulai un sourire, gardant mon toucher ferme mais sans précipitation. Ses épaules se tendirent une fraction de seconde avant de se détendre sous mes mains. Je descendis le long de son dos. Un son doux lui échappa, pas tout à fait un gémissement, mais suffisant pour que mon entrejambe se contracte. Un frisson visible la parcourut dans une expiration tremblante alors qu'elle se détendait sur la table.

Mes mains glissèrent le long de sa colonne vertébrale et sur ses flancs, frottant de doux cercles sur sa cage thoracique. Sa peau était douce comme de la soie, chaude au toucher. Je respirai le parfum de son shampoing floral et quelque chose de plus sombre, plus primitif. Ma bouche salivait à l'envie de la goûter.

Un autre gémissement, plus fort cette fois. Ses hanches bougèrent sur la table, ses cuisses s'écartant légèrement. Je retins un grognement à cette vue, la chaleur s'accumulant dans mes testicules.

Mes mains dérivèrent vers les muscles tendus de ses fesses. Son souffle se coupa, mais elle ne me dit pas d'arrêter. Je pris cela comme une permission de poursuivre mon exploration, caressant le long de ses cuisses intérieures. Elle tremblait sous mon toucher, les doux sons de plaisir s'échappant à chaque respiration. Mes doigts glissèrent entre ses jambes pour la trouver chaude et humide, le désir pulsant à travers sa chair.

Elle était mienne.

— Retourne-toi, grognai-je, lui laissant à peine la place de bouger, mais elle obéit, gardant la serviette qui glissait de son corps serrée alors qu'elle se retournait sur le dos.

Me déplaçant vers la tête de la table, je passai mon pouce le long de sa gorge, sentant la force de son pouls. Rapide et irrégulier. Elle était nerveuse. Ou peut-être excitée ?

Je fis courir tendrement mes doigts le long de son cou, apaisant cette zone délicate trop souvent négligée.

— Que fais-tu ? demanda-t-elle.

— Je prends soin de toi. Je pris sa tête dans mes paumes et enfonçai mes doigts à la base de son crâne, massant en cercles. M'entraînant.

Elle soupira, s'abandonnant.

— Bonne fille.

— On ne peut pas... oh !

Si, on peut.

Alors que je continuais vers sa clavicule, ses douces protestations se transformèrent en un mélange de cris involontaires et de gémissements. Son dos se cambra et sa poitrine se souleva. — Et si quelqu'un entre ? On va avoir des ennuis.

Je ris de la panique injustifiée dans ses yeux.

— Motus et bouche cousue. Je fis glisser mes doigts le long de sa cage thoracique, puis m'arrêtai. — Mais c'est l'âge du consentement, donc si tu veux que j'arrête, je le ferai.

La question était de savoir si je le pouvais. Elle resta silencieuse, mais ses lèvres légèrement entrouvertes, ses joues rougies, ses yeux désespérés et ses tétons dressés sous la fine serviette qui nous séparait me disaient exactement ce que je voulais entendre.

— Ton corps me dit de continuer, ma belle, mais j'ai besoin de l'entendre.

Elle frissonna, le désir brillant dans son regard. C'est ça. Je pouvais la lire comme un livre ouvert.

— Continue, supplia-t-elle. S'il te plaît, ne t'arrête pas.

— Bonne fille.

Je descendis vers sa clavicule et remontai mes lèvres le long de son cou, finissant sur son délicat lobe d'oreille. — Je vais te faire te sentir si bien. Tu rêveras de moi jusqu'à la fin de tes jours. Mes lèvres effleurèrent son lobe.

Elle prit une inspiration rapide, et je pris le relais, répétant le chemin de baisers le long de son cou et goûtant la palette de sa peau. Ses ongles s'enfoncèrent dans mes bras tandis que je la taquinais, jouant avec le bord de la serviette sur ses seins.

— James, souffla-t-elle mon nom comme une prière. Tu es...
tu es impossible.

— Et toi, tu es irrésistible.

Je tirai sur le bout de la serviette. Elle glissa. Son souffle se
bloqua dans sa gorge alors qu'elle restait exposée, ses tétons roses
se dressant comme de fiers sentinelles contre sa peau ivoire. J'en-
cerclai son nombril de mon doigt, regardant la chair de poule se
répandre sur son ventre.

Le soleil de l'après-midi filtrait par l'imposte, la caressant. Sa
peau luisait sous l'huile de massage, comme de la soie liquide.
Son sexe manucuré avait une bande de poils au centre. Mon sang
afflua vers le sud tandis que je luttais contre l'envie de tomber à
genoux et de la vénérer entre ses jambes. Mais d'abord, je vénére-
rais son corps.

Elle était étendue nue devant moi, vibrant de chaleur tandis
qu'elle agrippait les draps à ses côtés. Je frottai l'huile de massage
dans mes paumes, me déplaçai au pied de la table de massage, et
courbai mes mains autour de son tibia, pressant mes doigts dans
son mollet. Elle ferma les yeux avec un autre gémissement, et
mon sexe tressaillit sous ma serviette tendue. Il serait si facile de
la prendre.

Au lieu de cela, je m'occupai de son autre mollet avant de faire
le tour de la table, glissant mes mains plus haut jusqu'à atteindre
ses cuisses, étalant l'huile glissante sur sa peau, pétrissant mes
doigts profondément dans les tissus. Plus je montais, plus elle
était douce.

Elle sourit, et je continuai — de haut en bas, sur l'épaisseur de
sa cuisse, me rapprochant lentement de sa hanche. Je me tenais
au milieu de son corps, me penchant bas et effleurant son téton
de ma langue. Un doux gémissement s'échappa de ses lèvres, et
ses yeux s'ouvrirent brusquement, ses doigts s'enfonçant dans
mes cheveux. Je traçai des baisers autour de son téton dressé
avant d'en dessiner le bout avec ma langue et de le sucer dans ma
bouche.

— Oui. Ses fesses se soulevèrent du lit et ma main jaillit sur sa hanche, la maintenant en place.

Elle me tira plus près, forçant plus de sa chair dans ma main et ma bouche. La serviette tomba de mes hanches.

— James... souffla-t-elle.

Je pris ses deux seins dans mes mains, puis suçai un téton durci dans ma bouche tout en roulant l'autre entre mon index et mon pouce. Mes oreilles enregistrèrent ses cris rauques, m'encourageant, alors je tirai plus fort tout en roulant plus vite tandis qu'elle s'arquait. Mon sexe palpitait, et je baissai ma main vers son sexe, mes doigts glissant entre ses lèvres. Je les écartai et fis courir mes doigts sur son sexe avide, recueillant son essence, remontant doucement sur son clitoris.

Je portai ma main à ma bouche, goûtant pour la première fois son nectar. Elle avait le goût du désespoir. Mes doigts retournèrent sur son petit clitoris dur, traçant de lents cercles autour du bourgeon, regardant ses yeux se révulser et ses lèvres s'entrouvrir. Son corps lascif se cambrait sous ma main. J'enfonçai doucement un doigt dans son étroit vagin, et elle haleta, son dos s'arquant sur la table tandis que je commençais de lents va-et-vient rythmiques.

À la poussée suivante, je glissai un deuxième doigt en elle, et les enfonçai tous les deux, la remplissant profondément et étirant son petit orifice serré.

— James. Mon nom sur ses lèvres était de la pure extase, et j'accélérai le rythme. Ses parois internes se resserrèrent autour de moi alors que je m'enfonçais encore plus profondément, découvrant le point qui faisait taire son monde de plaisir. Elle était glissante et prête, ses hanches ondulant dans une supplication à peine voilée, et je frottai mon pouce sur son clitoris, m'assurant qu'elle verrait des étoiles.

Je la ferais putain de voir toutes les étoiles — mais pas. Tout. De suite.

Elle cria, une main volant en arrière pour agripper mon

poignet. Mais elle ne me repoussa pas — elle se contenta de tenir bon, sa prise se resserrant à chaque plongée de mes doigts. Je me penchai pour mordiller son cou, goûtant le sel.

Gardant mes doigts en elle, je traçai une colonne de baisers dans le creux de ses seins, sur son nombril et le long de la bande de poils, jusqu'à ce que mes lèvres trouvent son clitoris et que je le titille de ma langue.

— James ! Son dos se souleva de la table et ses mains volèrent à ma tête, me suppliant d'en faire plus. — Oh mon Dieu, ne t'arrête pas, haleta-t-elle.

Je lapai sa douceur. Elle était proche, ses muscles internes palpitant autour de mes doigts comme les ailes d'un oiseau piégé.

Je les courbai en elle, cherchant le point sensible tout en appuyant ma langue contre son clitoris.

— S'il te plaît, James. Ses yeux s'ouvrirent en grand, et ses lèvres s'entrouvrirent dans un gémissement, sa respiration saccadée et irrégulière. — J'ai besoin de toi en moi.

Maintenant, elle était prête.

Il me fallut une grande volonté pour retirer mes doigts de son doux sexe. Ils glissèrent entre ses plis pour prolonger son plaisir. Je léchai mes doigts, goûtant une fois de plus sa douceur musquée. Elle était un aphrodisiaque qui me rendait fou. Je me redressai, contemplant son corps rayonnant, et saisis mon sexe. Je le caressai deux fois, lubrifiant ma peau avec ses jus et ma salive, et me déplaçai vers le pied de la table. Je saisis ses chevilles et déplaçai son corps jusqu'à ce que son délicieux sexe rencontre confortablement ma bouche. Je refermai ma bouche sur sa chair, promettant une libération rapide.

— C'est ça, sa voix était un cri rauque tandis qu'elle entremêlait ses doigts dans mes cheveux, juste là.

Je léchai plus fort et plus vite. Elle chevauchait mon visage, ses hanches montant et descendant, poussant dans ma bouche jusqu'à ce que ses jambes se tendent, que ses muscles tremblent et que son corps soit secoué de spasmes.

Presque là.

Je me concentrai sur son clitoris, maintenant un rythme régulier de coups de langue, de morsures et de sucions jusqu'à ce qu'elle crie de bonheur. Et puis je suçai plus fort, mes deux doigts pompant dans et hors de son sexe glissant.

— Jouis pour moi, Laura, murmurai-je contre sa fente luisante, mordillant doucement le point sensible. Jouis dans ma bouche.

Ma voix était rauque de besoin.

Un sanglot brisé s'échappa de ses lèvres, ses cuisses se resserrant autour de ma main pour me tirer encore plus profondément. Elle souleva son sexe et se figea dans une mer de tremblements alors que l'orgasme déchirait son corps.

— Ahh !

Elle se contracta autour de mes doigts, ses plis gonflés pulsant dans ma bouche alors qu'elle explosait, sa libération se répandant par vagues. Je lapai ses douces sécrétions, embrassant le bourgeon sensible, léchant à travers les répliques, encore et encore, jusqu'à ce qu'elle pousse doucement sur ma tête, et je reculai.

Mon sexe était si dur qu'il tressaillait, une goutte de liquide pré-éjaculatoire coulant de son extrémité.

J'avais besoin d'un préservatif.

Mais je ne pouvais pas détourner le regard assez longtemps pour atteindre la poche de ma robe. Le soleil descendait et jetait une lueur orangée sur son corps de déesse. Elle brillait de sueur et de ma salive, magnifique et si foutrement irrésistible... L'éternité ne suffirait tout simplement pas. Elle semblait être mon commencement et ma fin.

Je grimpai sur le lit et écartai largement ses jambes. Ma queue reposait contre son ventre, s'enfonçant dans ses courbes douces tandis que je capturais ses lèvres. Je glissai à nouveau mon doigt le long de sa fente humide, et elle se recula avec un gémissement :

— Mmm...

Me regardant à travers des yeux mi-clos, elle enroula une

jambe autour de mes fesses et me tira vers l'avant. Ma bite reposait entre nos membres désengagés, prête à s'enfoncer profondément en elle.

Les lumières vacillèrent au-dessus de nous.

Je ne pouvais plus attendre — je devais l'avoir. Toute entière. Elle cligna des yeux, un doux sourire courbant ses lèvres gonflées par les baisers.

— James, murmura-t-elle à nouveau, tendant la main vers moi. Prends-moi.

Un gémissement déchira ma gorge alors qu'elle prenait mon visage en coupe, m'embrassant avidement. Pouvait-elle goûter sa propre douceur qui persistait dans ma bouche ? Des frissons parcoururent ma colonne vertébrale, électrisant sa base. Nos corps se fondaient parfaitement de la poitrine à la taille tandis que je prenais possession de ses lèvres gonflées. Et les lumières s'éteignirent.

Nous nous figeâmes, collés ensemble comme un seul être, ma queue prête à lui faire perdre la tête. Un léger tremblement quelque part dans la vallée nous força à nous redresser sur la table de massage.

— Nom d'un chien, c'était quoi ça ? demanda-t-elle.

— Merde.

Mon cœur bondit dans ma gorge. Je roulai de l'autre côté de la table en un instant, titubant sur mes pieds alors que mes testicules pleins me déséquilibraient.

Laura se leva précipitamment, drapant une robe sur ses épaules tandis que je vérifiais mon téléphone.

— Tout va bien ? L'inquiétude plissait son front et la panique colorait ses joues en rouge.

— Oui et non. Le tremblement vient de la dameuse. Ils vont lisser les pistes pour demain.

Elle s'appuya contre la table.

— Dieu merci. J'ai cru que c'était un tremblement de terre.

— Ouf, moi aussi. J'ai eu une de ces frousses.

— J'ai cru que c'était une avalanche, dis-je.

— Lequel est le pire ? demanda-t-elle.

— Les deux sont mauvais, dis-je, fronçant les sourcils devant le message sur mon téléphone. C'était de Tiffany.

Putain de timing.

— Qu'est-ce que c'est ? demanda-t-elle.

— Je dois y aller.

— Quoi ?

— Je suis vraiment désolé, Laura, mais c'est urgent. Je ramassai une serviette par terre et l'enroulai autour de mes hanches. Putain de timing. Mon ex avait toujours un timing de merde.

— Je devrais être en colère contre toi, dit Laura, traçant mon menton du doigt. Mais c'était incroyable.

Je tournai la tête pour presser un baiser sur sa paume.

— Ce n'est pas fini. Ce n'était que l'entrée, ma belle.

Elle se mordit la lèvre, et j'embrassai l'intérieur de son poignet, sentant son pouls s'affoler.

— Je te retrouve dans notre suite. Va au lit et attends-moi là-bas. Et tu as intérêt à rester foutrement nue.

Mon téléphone bipa à nouveau.

Putain de Tiffany.

Je me dirigeai vers le vestiaire et m'habillai en vitesse, jurant dans ma barbe.

Quand je me précipitai dehors dans la nuit glaciale, mon corps vibrait encore de désir, et je fus reconnaissant pour l'air froid qui atténuait mon excitation. Tiffany avait appelé cinq fois au cours des dix dernières minutes et avait envoyé un SMS « ROUGE » il y a une minute.

Nous avions un code. ROUGE signifiait urgent.

Tiffany répondit à la première sonnerie,

— James ? Je suis soulagée que tu me rappelles.

— Quelle est l'urgence ? demandai-je. Ça ne pouvait pas être notre fille car Kensi était avec mes parents.

— J'appelle juste pour te dire que je serai là pour Noël, finalement.

— La tempête va frapper fort cette nuit, Tiff.

— Je sais, le pire timing, comme d'habitude. Mon premier vol a été annulé, mais j'ai pu en réserver un autre.

Le vent souffla, emportant un nuage de flocons, et le nœud dans ma poitrine se resserra.

— On était d'accord pour que Kensi passe la semaine après le nouvel an avec toi. Je soufflai un souffle chaud dans mes mains, regardant la neige tomber. La tempête s'intensifiait, recouvrant le monde de blanc.

Le téléphone bourdonnait de parasites.

— Noël n'est pas pareil sans vous deux, dit-elle.

— Tiff, on était d'accord—

— Je sais ce qu'on avait convenu, mais les choses ont changé.

Rien n'a changé.

Plus de parasites passèrent à travers le téléphone. Je donnai un coup de pied dans un monticule de neige. Quand j'avais récupéré Kensi chez Tiff, mon ex était ravie d'être sans enfant, tant qu'aucune femme ne s'approchait de moi.

C'était un phénomène étrange : chaque fois que je quittais la maison, Tiff semblait le savoir. Son intuition déconcertante la menait toujours là où j'allais et avec qui j'étais. Laura était apparue dans ma vie au moment parfait, et d'une manière ou d'une autre, Tiff l'avait flairé. S'immiscer dans ma vie amoureuse était comme son sixième sens.

— Le temps est mauvais, lui dis-je. Tu devrais rester à New York.

— J'ai besoin de voir Kensi et toi. J'ai quelque chose à te dire.

Les flocons de neige fondaient sur mon visage.

— Reste à New York et attends après le Nouvel An. C'est trop dangereux de voler.

— Bon sang, je ne peux pas atten— Sa voix se coupa, remplacée par plus de parasites.

— Merde !

Le téléphone tomba de ma main et glissa dans un banc de neige. Je le ramassai et l'essuyai avant de retourner à l'intérieur. Gabe et Hunter étaient assis au bar, plongés dans une discussion profonde. Je m'approchai.

— Qu'est-ce qui vous rend si sérieux ?

— Vérifie ton téléphone. On vient de recevoir une alerte avalanche, dit Gabe.

— Avalanche ? J'espérais que la tempête arrêterait les avions, pas les pistes.

— L'hiver est féroce cette année, dit Hunter.

— Je vois que tu t'es débarrassé des jumelles, dis-je.

— Pour l'instant. Je n'aurais pas dû les amener. Les femmes sont un casse-tête. Point final, répondit Hunter.

Gabe serra l'épaule de Hunter, assez fort pour faire passer son message.

— Dit le gamin de dix-huit ans qui a refroidi deux filles en moins de quarante-huit heures. Tu n'as pas peur d'attraper la chlamydia ?

Hunter secoua la tête en disant :

— Va te faire foutre. Tu as Joanne, et James a un nouveau plan cul. Comment elle s'appelle ? Laura ? Je l'ai rencontrée près des ascenseurs.

— Ce n'est pas un plan cul, et j'ai de plus gros problèmes, dis-je avec un grognement. Tiffany vient pour Noël.

— Par ce temps ? demanda Gabe.

— Tu connais Tiff. Quand elle veut quelque chose, même une tempête ne peut pas l'arrêter.

Gabe sortit son téléphone de sa poche arrière et passa son doigt sur l'écran.

— Sur quel vol est-elle ? Je peux le faire annuler.

Mon frère était un génie en matière d'investigation, de protection rapprochée et de piratage. Je lui transférai le message de Tiffany, et trente secondes plus tard, il confirma :

— C'est fait. Tiff passera Noël à New York. Elle va être furieuse, cependant.

— Je m'occuperai de Tiff quand il le faudra, mais je suis content qu'elle ne soit pas là de sitôt. Maintenant, sérieusement, Hunter, qu'as-tu fait des jumelles ? J'aimerais les éviter si possible.

Hunter me versa un verre de whisky avec des glaçons.

— Elles sont dehors, en train de nager.

— Par ce temps ?

— La piscine est assez chaude.

Je bus une gorgée du verre. L'alcool glissa dans ma gorge comme du miel, me réchauffant de l'intérieur. J'inclinai le verre davantage, finissant le verre.

— Pourquoi tant de hâte ? demanda Gabe.

— J'ai une femme nue qui m'attend dans mon lit, donc... priorités. Je vous verrai tous les deux demain.

Je posai le verre sur le bar, donnai une tape dans le dos à chacun de mes frères et partis pour ma suite.

Un frisson électrique remonta le long de ma colonne vertébrale alors que je passais la carte magnétique. Mon cœur fit un bond quand j'entrai dans la chambre, un sourire en coin s'étirant sur mon visage, mais quand j'ouvris la porte, la scène devant moi n'était pas celle à laquelle je m'attendais.

Au lieu de voir Laura allongée nue sur le lit, elle était recroquevillée sur un pouf près de la table. Kensi était blottie dans le coin du canapé, sa chemise de nuit atteignant à peine ses genoux et une couverture à moitié tombée du canapé. Un tas de jouets débordait de la table, y compris les puzzles sur le thème de l'hiver qu'elle avait demandés pour Noël.

Je tendis la main et touchai tendrement son front, m'asseyant à côté d'elle. Elle se blottit contre moi, ouvrant à peine les yeux :

— Salut, papa.

Je repoussai les cheveux de son front, sentant un élan d'amour dans ma poitrine.

— Salut, ma puce, murmurai-je.

Kensi sourit à travers son sommeil. La scène était si tendre et si inattendue que mes émotions passèrent de prédatrices à paternelles.

— Allez, ma chérie. On va te mettre au lit.

Je soulevai délicatement Kensi dans mes bras et la portai jusqu'à sa chambre. Laura bougea, se levant du pouf.

— Tu es revenu.

— J'espérais te trouver seule, murmurai-je. Attends.

Je déposai Kensi sur son lit et la couvris avant de retourner vers Laura. Elle était assise au bord de mon lit, mon t-shirt couvrant à peine ses cuisses.

— Kensi te manquait, alors ta mère l'a amenée pour quelques jeux, et puis on s'est endormies, dit-elle. Elle est excitée par le Père Noël et elle était sûre qu'il venait aujourd'hui.

Kensi dit « aujourd'hui » depuis une semaine, comme si le Père Noël allait l'entendre. La jambe de Laura se balançait d'avant en arrière dans un mouvement d'invitation. Alors je m'approchai.

— Encore un jour, et demain toute la famille cuisine et se prépare. Ça va être amusant.

Je m'assis sur le lit à côté d'elle. Le matelas s'affaissa sous mon poids, et Laura bascula de mon côté, levant les yeux vers moi.

— Tiens donc, je viens ?

— Bah voyons, bien sûr.

Je l'entourai de mon bras, l'attirant tout contre moi.

— Mais c'est une affaire de famille.

Sa voix tremblait. Heureusement, j'étais à deux doigts de la faire taire avec ma bouche.

— C'est une célébration de Noël, et tout le monde y participe. Je me penchai vers elle, mon souffle effleurant doucement son lobe d'oreille. Même le personnel. Très décontracté. Style dîner de famille.

Elle frissonna dans mes bras. Comment pouvais-je la convaincre que ce n'était que le début ?

Mes sentiments pour Laura avaient dépassé mes attentes. Elle était bien plus qu'une employée — elle était devenue quelqu'un de spécial. En moins de quarante-huit heures, elle était devenue quelqu'un que je pouvais imaginer dans notre vie.

J'abaissai ma bouche vers la sienne quand j'entendis :

— Papa ?

Nos lèvres se séparèrent avant même de se toucher. Kensi se tenait dans l'embrasure de la porte, se frottant les yeux. — Je peux dormir dans ton lit ce soir ?

Je jetai un coup d'œil à Laura qui hocha la tête pour m'encourager.

— Bien sûr, ma chérie. Viens. Je la soulevai sur le lit king-size et la plaçai au milieu. Laura se glissa silencieusement sous les couvertures, se blottissant d'un côté de Kensi, tandis que je me glissais de l'autre.

Laura se tourna sur sa droite et se redressa sur son coude, faisant face au centre. — J'ai hâte d'être à demain, alors.

Je tournai la tête vers elle. — Moi aussi.

Nous nous regardâmes, avec Kensi entre nous, installés dans l'immense lit comme une famille, jusqu'à ce que nous nous endormions tous les deux.

Chapitre 1

J'entrai dans la cuisine animée en tenant la main de Kensi et rejoignis la famille Silver autour d'un grand îlot en marbre. L'atmosphère festive assaillit immédiatement mes sens. Un kaléidoscope de rouge et de vert habillait chaque recoin, tandis que des guirlandes lumineuses scintillaient doucement, baignant la pièce d'une lueur dorée et chaleureuse qui dansait sur les surfaces brillantes, et un bouquet enivrant de pain d'épices fraîchement sorti du four et de vin chaud aux épices se répandait dans l'air, évoquant instantanément la magie de Noël. C'était comme entrer dans une carte postale de Noël, une qui me rendait à la fois nostalgique et excitée. La mère de James nous remarqua en premier.

— Laura, je suis si heureuse que vous ayez pu vous joindre à nous.

— Bonjour, Mamie, lança Kensi en levant les bras en l'air. Teresa se baissa, et Kensi enroula ses bras autour de son cou, lui plantant un gros bisou sur la joue. C'est presque Noël, Mamie ! Tu te rends compte ?

— Oui, en effet. Bonjour, ma chérie. Comment as-tu dormi ?

— J'ai rêvé du Père Noël et des rennes et des lutins du Père

Noël, parce qu'ils n'ont pas encore fini tout le travail et Noël est presque là. Et puis je me suis réveillée et Laura était là et papa aussi.

Une vague de chaleur envahit mes joues sous le regard complice de Teresa, et je sentis mon cœur s'emballer légèrement.

— Oh, ça ressemble à un rêve parfait et à un matin parfait. Va prendre un brioche et je vais le couper pour toi.

Kensi se dirigea vers la table remplie de pâtisseries et Teresa se tourna vers moi.

— Je suis désolée pour l'absence de mon fils ce matin. Ces garçons sont toujours en train de travailler.

C'était peut-être mieux que James ne soit pas encore là. Il était parti tôt ce matin pour une réunion avec ses frères, ce qui m'avait donné le temps de digérer l'orgasme prolongé qu'il m'avait procuré hier dans la salle de massage. Aussi incroyable que cela ait été, je voulais qu'il en fasse plus. Beaucoup plus. Je voulais qu'il me baise jusqu'à l'épuisement, jusqu'à ce que je m'effondre en suppliant pour qu'il arrête. Le souvenir de sa voix rauque, de ses mots crus et de ses doigts avides s'était gravé dans mon cerveau. Chaque fois que je pensais à lui sur moi et en moi, je chauffais et fondais, me liquéfiant au plus profond de mon être. Nous étions si proches... mais toujours interrompus.

Je m'éclaircis la gorge.

— Merci de m'accueillir pour ce Noël. Je me suis bien amusée avec Kensi ce matin. Waouh, soufflai-je en admirant l'ambiance. Tout est magnifique.

Teresa balaya la pièce du bras, comme si elle était Mary Poppins qui avait produit ce Noël sur le thème des cannes à sucre et du gui. Il y avait déjà tellement de nourriture partout, l'îlot de la cuisine débordant de gâteaux, de collations saines et encore plus de gâteaux. — Ce n'est pas Noël sans un dîner de famille et tous les accompagnements.

Kensi revint et tira sur ma main, ses yeux écarquillés d'excitation alors qu'elle sautillait sur la pointe des pieds. — Laura, tu crois que le Père Noël viendra ce soir ?

Je m'accroupis pour être à son niveau et lui fis un clin d'œil complice. — J'ai entendu dire que les vents sont forts et que la tempête le ralentit, mais je suis sûre qu'il arrivera à temps. Son visage s'illumina, provoquant une soudaine vague d'affection dans ma poitrine. J'sais pas comment gérer mon attachement pour cette petite fille, mais j'aimais ça.

— Très bien, tout le monde !

Je pivotai sur mes talons en entendant la voix familière de James qui frappait dans ses mains, attirant l'attention de la foule animée de famille et d'amis. Un pull col en V moulant et un pantalon ajusté épousaient son corps musclé. Il était encore plus séduisant qu'hier, si c'était possible. Sa moustache fraîchement taillée soulignait ses lèvres tentantes, et ses cheveux encore humides de la douche me donnaient une irrésistible envie de passer mes doigts dans ses boucles. Des boucles parcouraient les mèches plus longues.

— Que la fête commence ! cria quelqu'un, et je revins brutalement au présent.

James continua : — Nous avons de la nourriture à préparer, des jeux à jouer et des cadeaux à trier. J'ai vérifié l'application, et il semble que le Père Noël soit dans les temps pour descendre par la cheminée ce soir !

Tous les enfants crièrent. Il était impossible de ne pas être heureux, et j'aurais aimé qu'Allie soit là. Je l'avais appelée hier soir avant de m'endormir aux côtés de Kensi, et elle prenait son premier repas solide.

— Le tableau des responsabilités est accroché au mur. Vous savez tous ce que vous avez à faire !

Une nouvelle acclamation retentit, et soudain, la pièce fut un tourbillon d'activité. Les gens se précipitaient, sortant des casseroles et des poêles. Hunter et Emma commencèrent à installer des jeux de société et des puzzles sur les tables, et Gabe fixait d'autres guirlandes lumineuses au-dessus de la cheminée. L'énergie était contagieuse, et malgré mon inquiétude initiale de m'immiscer dans l'événement familial, je me laissai emporter par leur joie.

— Viens, dit James en me prenant la main. Il m'entraîna vers la cuisinière. Nous avons du travail à faire.

Il sortit des bols à mélanger et du sucre glace, et nous commençâmes par le glaçage aux couleurs de Noël. Teresa remuait la pâte à biscuits tandis que Kensi gardait les yeux rivés sur la cheminée, attendant l'arrivée du Père Noël. Je repensai avec tendresse à mon enfance et à l'excitation d'attendre la visite du Père Noël. Elle n'était pas différente, et son enthousiasme était contagieux.

— Hé, ma puce, dit James, remarquant la distraction de sa fille. Pourquoi n'irais-tu pas aider Emma à installer le poste de décoration des biscuits ?

Le visage de Kensi s'illumina et elle se précipita vers Teresa. — Allez, mamie. Les biscuits sont au four et on a besoin de noix de coco râpée pour la neige.

James croisa mon regard et nous échangeâmes un sourire complice. Je ne pouvais pas définir ce qu'il y avait dans ce moment, mais ça tombait à pic, et j'avais appris à faire confiance à mon instinct. Ou peut-être était-ce la magie de Noël que je désirais si désespérément.

Nous versâmes le glaçage dans des bols en verre, et je lavai les casseroles et les poêles. Quand je jetai un coup d'œil au tableau des tâches, tout le monde avait revendiqué un travail, alors je me dirigeai vers l'évier et commençai à laver plus de vaisselle. Comme dans toute cuisine, il y avait toujours plus de vaisselle à laver.

Pendant ce temps, James mélangeait la farine et l'avoine, coupant des morceaux de beurre dans le mélange et me jetant des coups d'œil furtifs. La lueur des lumières du sapin de Noël se reflétait sur son visage souriant lorsqu'il se tourna vers moi et dit

: — Eh bien, Laura, puisque tu es nouvelle dans nos traditions, pourquoi ne serais-tu pas la première à t'asseoir sur les genoux du Père Noël cette année ?

Je levai les yeux au ciel, essayant de réprimer un sourire. — Je crois bien avoir passé l'âge de cette tradition.

— Tss tss, tu crois vraiment avoir passé l'âge des traditions amusantes ? me taquina-t-il en remuant les sourcils. Allez, ce sera amusant. On pourra demander au Père Noël des pulls de Noël assortis et moches.

— D'accord, cédai-je en riant et en secouant la tête. Mais et si j'avais quelque chose de mieux à demander ?

Je le déshabillai du regard, descendant jusqu'au comptoir qui cachait sa partie la plus intéressante. Le grondement sourd venant de sa poitrine, qui ressemblait à un avertissement et à une promesse, se concentra dans mon bas-ventre.

— Parfait. Tu ne le regretteras pas, je te le promets. Il rit et reporta son attention sur la cuisinière.

Teresa se précipita dans la cuisine, les bras chargés d'un assortiment de décorations en bonbons colorés. Kensi la suivait, les yeux écarquillés d'excitation en découvrant les sucreries. Elle posa quelques friandises au chocolat sur le comptoir pour Kensi, qui grimpa sur le tabouret et commença à trier les gourmandises.

— Avez-vous besoin d'aide avec ça ? demandai-je à Teresa.

— Bien sûr. Merci.

Je laissai Kensi avec James dans la cuisine et rejoignis Teresa pour accrocher des bonbons en chocolat tout autour du sapin de Noël.

— Noël est toujours une grande production quand mes garçons travaillent. Et ne me lancez pas sur Hunter et ces deux filles. Il est en pause avec Grace. Elle n'est pas là ce Noël, mais vous l'aimeriez bien.

— Ils semblent bien suivre le tableau, dis-je en hochant la tête vers la cheminée où Hunter et Tristan installaient un espace pour quelque chose... Je n'étais pas sûre de ce que c'était, mais cela incluait une scène, beaucoup de lumières et de poinsettias, et un énorme fauteuil rouge, bordé de cordons dorés.

— C'est vrai. S'il n'y avait pas de tableau, il n'y aurait pas de Noël. Ses yeux s'écarquillèrent et son sourire devint comique.

— Et cette tradition des bonbons ? demandai-je.

— Eh bien, ça vient de nos grands-parents. Quand j'étais jeune, on accrochait des pommes, des noix, des biscuits et des oranges. Puis les temps sont devenus meilleurs et un jour mon grand-père a rapporté un sac de bonbons en chocolat à ajouter au sapin de Noël. C'est devenu une tradition depuis. Pour des temps meilleurs.

Nous déballâmes chacune un bonbon et les mîmes dans notre bouche. Le goût velouté du rhum et des raisins secs dominait le chocolat avec une saveur aromatique qui persistait sur la langue. Ça commençait par une douceur, puis passait lentement à une touche de fumé du rhum noir, finissant par une légère acidité des raisins secs.

— Ils sont délicieux. Je laissai un peu de cacao sur ma langue pour savourer le goût plus longtemps. Teresa prit une friandise ovale.

— Les tonneaux en chocolat contiennent de l'alcool. Accrochez-les en hauteur pour que les enfants ne puissent pas les atteindre.

Je montai sur un tabouret et suivis ses instructions.

— James a mentionné qu'il voyait quelqu'un de nouveau, mais je ne savais pas que c'était vous, dit-elle.

— Est-ce une bonne ou une mauvaise chose ?

— C'est une bonne chose. Il n'a jamais eu de chance en amour, et Hunter n'aide pas en embauchant des escortes. Elle espaca soigneusement les chocolats accrochés à l'arbre, puis passa aux biscuits.

Amour ?

— Oh, nous sommes juste amis, dis-je.

Teresa se figea au milieu de son geste et posa ses mains sur ses hanches. Elle me scruta de haut en bas et me lança un regard appuyé.

— Ne me sortez pas ce discours de "juste amis", Mademoiselle Young. Cindy et Karl Young diraient que mon fils est un bon parti.

Elle m'avait prise au dépourvu.

— Vous connaissez mes parents ? demandai-je.

Elle sourit.

— Votre père a sauvé la vie de mon mari. C'est un chirurgien incroyable.

— Merci, répondis-je en retirant les objets du chariot. Il l'est.

Je ne savais pas que mon père avait opéré M. Silver, mais après tout, mon père ne mentionnait jamais ses patients.

— Mon fils a eu sa part de petites amies frivoles, mais entre nous, il mérite quelqu'un de talentueux et de motivé. Quelqu'un comme vous.

Je m'agitai, sentant un frisson d'anticipation parcourir ma peau. Essayait-elle de nous mettre ensemble ? Je n'avais pas le temps pour une relation tout en patrouillant dans les rues. Mais j'aspirais à quelque chose de plus que des moments de plaisir fugaces. Quelque chose de plus durable et de significatif — bien que ce que cela signifiait restait encore flou. Depuis combien de temps ne m'étais-je pas ouverte ainsi ? Trop longtemps pour m'en souvenir, et encore moins pour l'admettre.

— Donc... vous dites que James est vraiment célibataire ?

— Eh bien, oui, et il est catégorique sur le fait que ça restera ainsi.

J'eus un pincement au cœur, et j'sais pas pourquoi.

— Mais vous, ma chère, vous pourriez être celle qui change la donne, dit-elle.

Ma tête se redressa brusquement.

— On ne peut pas forcer quelqu'un à désirer quelque chose.

— Et s'ils ne savent pas s'ils le veulent ? Teresa leva un sourcil.

D'accord. Elle essayait donc de nous mettre ensemble.

— James est un adulte. Il devrait savoir ce qu'il veut.

Elle laissa échapper un nouveau rire et descendit de l'échelle.
— Croyez-en mon expérience, les hommes Silver sont aveugles à ce qu'ils désirent vraiment jusqu'à ce que ça leur explose au visage. Je suis bien placée pour le savoir — j'ai trois fils et quatre frères, tous détectives privés. Il faut une femme spéciale pour combler leur vie.

Suggérait-elle que j'étais la femme qu'il lui fallait ? J'étais partante pour une aventure, mais c'est là que s'arrêtaient mes fantasmes sur James Silver. Juste entre les draps. Bon, je l'admets. Peut-être que je voulais plus qu'une aventure — comme deux ou trois, voire plus ?

Je soupirai, car au fond de moi, je savais que je n'en aurais jamais assez. Pas après ce qu'il m'avait fait hier. Et la façon dont il me regardait me garantissait toutes sortes de sensations à chaque fois.

Je jetai un coup d'œil derrière le sapin de Noël, cherchant Kensi. Elle avait le visage dans la cheminée éteinte, vérifiant si le Père Noël était là. — Bah, et la mère de Kensi n'est pas la bonne femme ? demandai-je.

— Tiffany ? Ils sont de bons coparents mais de terribles partenaires, donc c'est non.

— Ont-ils... se sont-ils séparés en mauvais termes ? demandai-je, ma curiosité prenant le dessus.

Teresa posa l'escabeau contre le mur. — Ils ont réalisé qu'ils n'étaient pas faits l'un pour l'autre. Tiffany est décoratrice d'intérieur et elle peut être... difficile. Et James peut être... difficile à sa manière. Mais ils aiment tous les deux Kensi, et c'est ce qui compte le plus.

Difficile, hein ? Ça ne présageait rien de bon.

— Allez, Kensi, c'est l'heure des dernières touches à l'atelier de biscuits.

Elle fit signe à sa petite-fille de nous rejoindre près de la fenêtre.

Pendant que nous disposions des cuillerées de glaçage sucré et de paillettes multicolores, Teresa me parla de James et de ses frères et sœurs, brossant un portrait vivant d'une famille pleine d'entrain mais unie.

— On dirait que James était un sacré numéro, dis-je.

— Ha ! s'exclama Teresa. C'est un euphémisme. À quatre ans, James grimpait déjà aux arbres, sur les meubles et les murs. Il s'est cassé le bras sur les balançoires une année, puis s'est fracturé le poignet gauche en prétendant pouvoir sauter du toit. Je ne sais même pas comment il était monté là-haut, mais quand il avait une idée en tête, rien ne pouvait l'arrêter. Au fond, il a toujours été un bon garçon. Et maintenant, il est devenu un père merveilleux.

Une fois l'atelier installé, j'aidai Kensi à se laver le visage plein de suie, et elle s'endormit sur le canapé. Tristan alluma la cheminée, où nous nous installâmes avec des tasses de thé. Il n'était qu'une heure de l'après-midi, et la maison sentait déjà Noël.

— La famille est toujours aussi excitée par le Père Noël ? demandai-je.

— Chaque année, et ça ne vieillit jamais.

Je me penchai et baissai la voix. — Et qui joue le Père Noël ?

Teresa me fit un clin d'œil. — Ah, ça, c'est un secret.

Je jetai un regard en coin à James qui plaisantait joyeusement avec ses frères. Il ferait le Père Noël parfait.

Il se tenait au milieu de la pièce, un sourire malicieux aux lèvres. Sa famille allait et venait entre lui et les autres, leurs conversations ponctuées de rires bruyants, jusqu'à ce qu'il apparaisse à mes côtés avec un sourire taquin.

— Excusez-moi, mesdames. Il y a une crise en cuisine. Nous n'avons plus de cannelle pour le lait de poule, et j'aurais besoin d'une paire de mains supplémentaire. Laura, tu veux bien m'accompagner ?

Ses doigts s'entrelacèrent aux miens avant même que je puisse répondre, m'attirant vers lui. Le simple contact de sa peau contre la mienne suffit à accélérer mon pouls. Je fis un signe d'au revoir à Teresa avec un air coupable, les joues brûlantes et les entrailles en fusion.

— Tu as besoin d'aide pour la cannelle ? demandai-je.

Nous zigzaguâmes à travers la foule ; je le suivais comme un mouton. Il avait clairement un plan en tête, et plus nous nous éloignions, plus je devenais nerveuse.

— Eh bien, c'était une excuse, dit-il en tournant au coin. Il m'entraîna dans le garde-manger et ferma la porte derrière nous.

— Bah, c'était un prétexte bidon, mais maintenant qu'on est là, je ferais mieux de trouver de la cannelle.

Mes doigts volaient d'étagère en étagère, comme si je ne l'avais pas entendu, mais ses bras saisirent ma taille et il me fit pivoter. Son contact était électrique, amplifié par sa prise significative alors que je me pressais contre le mur de son torse. Il me tenait dans ses bras, mes seins écrasés entre nous. Son pouce effleura mon menton, me faisant lever la tête pour que nos yeux se rencontrent.

— Tu avais un goût de miel et de caramel salé hier, Mlle Young, murmura-t-il, son souffle chaud sur mes lèvres et son sexe dur contre mon ventre. Je serrai les cuisses comme si cela allait arrêter le soudain inconfort dans ma culotte. Ses yeux glissèrent vers ma bouche avant de revenir croiser les miens. — Quel goût as-tu aujourd'hui ?

Il lécha doucement ma bouche et mes parties inférieures se souvinrent soudain à quel point le mouvement de sa langue avait été bon là-bas. Non que j'aie oublié. Comment aurais-je pu ?

— Chocolat et rhum, murmura-t-il. Ma mère t'a donné un bonbon ?

— Oui.

— Bon choix, mais je dois finir ce que nous avons commencé dans ce spa, dit-il.

Mon cœur se mit à battre la chamade tandis que je soutenais

son regard, prise dans le sortilège de ses yeux bleu vif qui scintillaient de minuscules étoiles argentées.

— Mais nous sommes dans le garde-manger, chuchotai-je, comme si cela allait l'arrêter. Il s'empara de ma bouche, et tout ce que je pus émettre fut un halètement qui se transforma en un gémissement désespéré. J'enroulai mes bras autour de son cou et me fondis dans le baiser, mon corps se liquéfiant contre le sien. J'avais besoin de quelqu'un comme lui. Quelqu'un qui pourrait m'aider à oublier le passé, quelqu'un qui pourrait combler le vide douloureux dans mon cœur et quelqu'un à qui je pourrais confier mes secrets les plus profonds. Quelqu'un qui soulagerait le fardeau de la culpabilité et me montrerait comment vivre à nouveau.

J'étais si proche d'avoir ce qu'il avait — une famille, avec une fille à moi. Mais une nuit horrible, ils m'ont tout pris. Chaque terminaison nerveuse de mon corps s'éveilla lorsque je réalisai que, peut-être, je voulais plus qu'une aventure. Peut-être que je voulais tout ce que j'avais perdu. Je gloussai à travers le baiser et il s'écarta. — Qu'est-ce qui te fait rire ?

— Rien, mentis-je en pressant à nouveau ma bouche contre la sienne, car comment aurais-je pu lui parler de tous les sentiments qui bouillonnaient en moi, et du fait que je voulais tellement plus avec lui que je ne l'avais pensé, avant même que nous ayons couché ensemble. D'accord. Ses doigts habiles et sa bouche vorace m'avaient fait atteindre des sommets de plaisir insoupçonnés. Il m'avait dévorée des yeux et de ses caresses, consacrant toute la journée à moi et à sa fille. Mais était-ce suffisant pour apaiser cette faim grandissante au creux de mon ventre, ce désir qui allait bien au-delà du physique ?

Nous nous séparâmes pour reprendre notre souffle, et James posa son front contre le mien, haletant. — Un euro pour tes pensées, dit-il.

Je ris à nouveau. — Je ne pense pas que tu puisses te le permettre, M. Bond.

— Essaie toujours, dit-il. J'en ai vu beaucoup dans ma courte vie.

Je ne pouvais pas. — J'sais pas. C'est juste que... C'est l'un des meilleurs Noëls que j'ai passés de ma vie.

— Ça me rend très heureux, Laura.

J'aimais la façon dont il alternait entre mon nom et mon prénom. C'était comme un jeu. Et maintenant, nous étions de nouveau sur la base du prénom.

— J'ai une folle envie de t'embrasser. Sa voix était rauque de désir. Tout le temps.

Sa main remonta sous ma jupe, et mes cuisses s'écartèrent. Je souris contre sa bouche, mordillant doucement sa lèvre. — Eh bien, tu embrasses comme un dieu.

Il s'approcha de mes lèvres, mais cette fois je le repoussai jouement. — Je resterais bien ici avec toi jusqu'au bout de la nuit, et te laisser me ruiner encore plus, mais quelqu'un peut entrer à tout moment, et nous avons une fête à laquelle assister, lui rappelai-je.

Il réfléchit un instant, puis me lança ce regard rusé et prédateur.

— Retrouve-moi dans le grenier dans quinze minutes.

— Quoi ?

— Je sais que tu peux trouver le grenier, puisque tu as étudié les plans.

— Oui, je sais où est le grenier.

La porte du garde-manger s'ouvrit, et Kensi entra, les lèvres barbouillées de chocolat. James retira rapidement sa main de sous ma jupe.

— Qu'est-ce que vous faites ici tous les deux ? J'ai besoin d'aide pour ma liste de Noël pour le Père Noël.

— Nous cherchons de la cannelle. La voilà. J'attrapai une bouteille au hasard sur l'étagère et sortis du garde-manger, gênée, comme si Kensi m'avait prise la main dans le pot de confiture.

— Viens, Kensi, allons vérifier cette liste tout de suite. J'entendis derrière moi et jetai un coup d'œil par-dessus mon épaule juste au moment où James soulevait sa fille dans ses bras. Mon cœur fondit. Je n'aurais jamais pensé trouver ce regard si sexy.

Kensi et James partirent vérifier sa liste, et je me précipitai aux toilettes pour me rafraîchir, mes lèvres gonflées et picotantes comme s'il m'embrassait encore. Quand j'arrivai au grenier avec deux minutes d'avance, James était déjà là.

Chapitre 8
James

Le grenier baignait dans une lumière tamisée, peuplé de vieux coffres et de trésors oubliés. Une fine pellicule de poussière, comme un voile du temps, drapait les meubles d'antan, tandis que des ombres dansantes s'attardaient dans les recoins. Je trouvais du réconfort dans cette simplicité, mais j'étais déçu par le manque de luxe. Laura mérite mieux.

Elle est arrivée avec deux minutes d'avance, les lèvres gonflées et brillantes dans la faible lumière. Les rayons dorés du soir déclinant filtraient à travers la fenêtre, projetant une douce lueur sur son visage.

— Romantique et vieux, a-t-elle lancé. Exactement comme j'aime mes hommes.

Je ris dans l'air épais. Je ne savais pas ce qu'il y avait avec les greniers poussiéreux, mais ils avaient leur charme.

— Te voilà, ai-je dit. Quelle chose stupide à dire, mais putain, j'étais nerveux. Comme un garçon sur le point de perdre sa virginité à nouveau. Elle s'est approchée, ses yeux pétillant dans la pénombre, et j'ai senti son parfum floral. Il se mêlait à une vanille sucrée que je sentais sur son souffle, comme si elle avait mangé un autre bonbon.

— Approche-toi. Je ne mordrai pas trop fort aujourd'hui.

Elle a comblé la distance entre nous comme une lionne en chasse. Comme si c'était elle qui chassait.

— J'ai aimé la façon dont tu m'as mordue. Et j'ai aimé la façon dont tu m'as sucée. Mais c'est ce que je veux aujourd'hui.

Sa main a glissé vers ma queue, ses doigts se courbant sur le tissu de mon entrejambe, frottant mon membre. Elle était en chasse.

— Tu veux ma queue ?

Elle s'est mise sur la pointe des pieds et m'a chuchoté à l'oreille : — Tout à fait, M. Silver. Je veux ta queue dans ma bouche et à ma merci.

Sa langue a suivi la courbe de mon oreille tandis qu'elle redescendait, et un grognement rauque a vibré dans ma poitrine.

J'ai relevé son menton d'un doigt. — Chérie, tu te trompes complètement. Quand ma queue est dans ta bouche, c'est moi qui prends les commandes.

Son souffle s'est coincé. Elle m'a lancé un sourire espiègle et a glissé sa main dans mon pantalon si soudainement que je n'avais même pas remarqué quand elle avait défait ma braguette. Elle a plongé dans mon boxer et a verrouillé ses doigts autour de ma queue, disant : — On verra.

Sa main glacée entrant en collision avec ma peau brûlante a bloqué mon souffle dans mes poumons. Son toucher était une torture, et j'ai pressé mes lèvres contre les siennes pour prendre le contrôle. Je l'ai embrassée fort et avec besoin jusqu'à ce que ses membres s'amollissent et que son corps fonde dans le mien. Elle a lâché ma queue et a enroulé ses bras autour de moi, ses mains parcourant mon dos et ses ongles grattant doucement là où ma ligne de cheveux rencontrait ma nuque.

— Tu es une vraie tigresse, ai-je murmuré, effleurant le bout de son lobe d'oreille de ma langue avant de tracer des baisers le long de son cou et de remonter pour reprendre sa bouche entièrement. Tandis que je tirais et suçais ses lèvres, elles répondaient à mon besoin à chaque fois, exigeant une attention particulière.

J'ai mordu sa lèvre inférieure, pas assez fort pour faire mal, mais avec intention ; et elle s'est écartée, respirant fort.

Derrière elle, la lumière entrait par l'unique fenêtre du grenier comme un ruban.

— James, a-t-elle chuchoté, mon nom flottant dans l'air entre nous, lourd de désir.

Je l'ai plaquée contre un poteau. Ma bouche est retournée vers son cou, comme un putain de vampire, ma langue balayant sa peau brûlante. J'ai maintenu ses deux poignets au-dessus de sa tête avec ma main gauche tout en caressant son os iliaque de ma main droite. Je me suis pressé contre son corps souple, mon érection appuyant directement sur son ventre. Un petit couinement s'est échappé de ses lèvres, que j'ai étouffé. L'embrasser ne vieillirait jamais.

J'ai éloigné ma bouche de la sienne, traînant ma langue sur sa lèvre inférieure, et suis retourné à son oreille. — Ça va se terminer avec moi entre tes jambes.

Elle a levé les yeux. Ses yeux brillaient de malice tandis qu'elle attrapait ma ceinture et la tirait fort, libérant le cuir de ses boucles et desserrant mon pantalon en même temps.

Bordel de Dieu.

— Je ne crois pas, M. Silver. Elle m'a fait un clin d'œil, nous a fait pivoter, et m'a plaqué contre le poteau. Mon dos pressé contre la colonne de bois, elle a tiré mon pantalon de mes hanches. Mon érection a jailli, et son attention s'est complètement portée sur ma queue. Elle m'a saisi de ses doigts froids, et j'ai laissé échapper un gémissement guttural tandis qu'elle s'agenouillait.

— Laura...

Mes mains ont immédiatement trouvé sa tête, mes doigts s'entremêlant dans ses boucles rebondissantes tandis qu'elle traçait légèrement sa langue sur mon gland et taquinait le long du dessous sensible.

— Putain, ai-je soufflé, donnant un coup de hanches et me

pressant involontairement plus profondément dans sa bouche. Elle a balayé sa langue le long de ma longueur, a étiré sa mâchoire, et m'a pris jusqu'au fond de sa gorge avant de glisser et de faire un doux amour à ma queue avec sa bouche.

— Putain, Laura... ai-je gémi plus fort, ma respiration rauque et erratique. Mes doigts s'entortillèrent fiévreusement dans ses cheveux, l'exhortant à me prendre plus profondément et plus vite. Elle a lutté pendant moins d'une minute avant de travailler ses lèvres et sa langue de haut en bas sur ma queue comme si elle ne pouvait pas en avoir assez. Mais j'avais besoin de plus. Comme si elle entendait ma requête, elle a pris mes couilles dans sa main libre et a pressé son doigt en dessous. Un long fil de courant est passé de la base jusqu'au bout de mon membre. J'ai cogné l'arrière de ma tête contre le poteau, plus fort.

— Laura...

J'ai saisi sa gorge dans ma main et suis sorti de sa bouche. Elle a gardé sa bouche grande ouverte, prête et consentante, et cette fois, j'ai glissé ma queue lentement à l'intérieur, observant son visage avant de me retirer, sa salive brillant dans la faible lumière. Dedans et dehors. Dedans et dehors. J'ai placé mes deux mains de chaque côté de son visage et l'ai maintenue stable pour pouvoir baiser sa bouche chaude à mon rythme, des coups rapides et peu profonds entre des poussées profondes. Elle a obéi et était si belle à genoux. D'abord, le plaisir a traversé mes couilles, se répandant jusqu'à la base de mon membre, remontant jusqu'à presque atteindre le bout. La chaleur irradiait de ma peau tandis qu'elle haletait et gémissait, alors que je tirais sa tête d'avant en arrière sur ma queue.

Son corps tremblait légèrement. Je pouvais dire qu'elle prenait du plaisir, mais j'ai perdu le contrôle quand elle a fait une pause. Je suis sorti de sa bouche à nouveau, et elle a levé les yeux. Ses yeux étaient emplis de luxure tandis qu'elle atteignait entre ses jambes et traînait ses doigts sur sa chatte avant de les lécher et de me reprendre dans sa bouche.

Putain de merde.

Je pouvais presque goûter son essence, et je pouvais définitivement sentir son excitation. Quand son attention complète est revenue sur ma queue, elle n'a épargné aucune pitié. Elle a appuyé ses mains contre mes cuisses pour se soutenir et a fait monter et descendre sa tête, mais c'étaient les sons qu'elle faisait qui m'ont défait. L'orgasme m'a traversé, et j'ai joui dans sa bouche. Elle m'a sucé jusqu'à la dernière goutte et a ralenti pour des mouvements plus lents jusqu'à ce que je sois vidé.

Ma queue pulsait encore dans sa bouche tandis qu'elle me regardait avec un sourire paresseux jouant au coin de ses lèvres.

— Tu as le goût du paradis sucré, a-t-elle dit doucement avant de se relever.

Moi ?

Mais je n'ai pas eu la chance de demander car la voix de Kensi m'est parvenue depuis la porte. — Papa ?

On s'est figés. La panique m'a envahi. Les yeux de Laura se sont écarquillés d'horreur pure. Je l'ai regardée avaler le sperme restant dans sa bouche.

— Merde ! J'ai remonté mon pantalon, échouant lamentablement. Mes mains tremblaient de façon incontrôlable, et mon putain de cœur était sur le point de sortir de ma gorge.

— Papa, tu es là ? a appelé Kensi à nouveau.

Ma fille avait un timing de merde, comme d'habitude. Dieu merci, le poteau derrière moi était assez large et la pièce assez sombre pour nous garder tous les deux hors de vue. J'ai finalement réussi à me remettre et à me zipper à la hâte. Ce n'était pas facile avec une érection.

— On ne peut pas la laisser voir le sac du Père Noël. Il est plein de cadeaux, ai-je dit.

— C'est de ce sac-là que tu t'inquiètes ? a-t-elle sifflé, tirant sa manche sur sa bouche pour l'essuyer.

— J'arrive, Kensi. Attends près de la porte. Il fait sombre ici.

Elle a attrapé ma main et a pointé mon entrejambe tendu. —
Tu ne peux pas y aller comme ça.

— Je n'ai pas le choix, ai-je grogné.

— Fais-le descendre.

— Ça ne marche pas comme ça.

Laura a redressé ma chemise et est sortie en premier, disant :
— La cheminée est dégagée pour le Père Noël. On arrive, Kensi
!

— Vous avez vérifié la cheminée ? a rappelé Kensi, plus fort
cette fois.

Laura a jeté un coup d'œil par-dessus son épaule. — Trouve
quelque chose pour te couvrir.

J'ai épousseté ma chemise, attrapé la première chose que j'ai
trouvée, et me suis précipité vers la porte avec une pelote de laine
sur mon entrejambe.

— Hé, Kensi. On a vérifié la cheminée, et elle est toute
dégagée pour le Père Noël. Ma voix tremblait comme si j'avais
quinze ans à nouveau, sur le point de perdre ma virginité avec ma
main pour la millième fois. Mais la bouche de Laura était tellement meilleure, et sa chatte, putain... Je devais arrêter de penser à
sa chatte, ou la laine ne servirait à rien. Et pourquoi diable avais-
je choisi une pelote de laine, d'ailleurs ?

— Qu'est-ce qu'il y a sur ton menton ? Kensi a pointé Laura,
qui s'est rapidement essuyée. — On dirait du lait de poule.

— Grand-mère a donné à Laura un de ses bonbons spéciaux,
ai-je expliqué.

Jésus, pourquoi est-ce que j'impliquais ma mère dans ce moment ?

— Je pense qu'il en a coulé un peu sur mon menton, mais la
cheminée est dégagée et prête pour le Père Noël. Descendons.

Laura a tendu la main à Kensi, ce dont j'étais reconnaissant,
car cela donnait à ma queue le temps de se calmer, mais Kensi
était une enfant curieuse.

— C'est quoi ça ? a-t-elle demandé, pointant mon entrejambe.

— C'est de la laine pour Laura. Elle va faire une écharpe.

— Tu sais faire du crochet ? L'attention de Kensi est revenue sur Laura. — Grand-mère sait faire du crochet.

Et voilà ma mère à nouveau.

— Laura a beaucoup de talents dont aucun de nous n'était au courant.

La peau de ses bras nus a viré au rose vif tandis qu'elle jetait un coup d'œil par-dessus son épaule, me lançant un regard coupable.

— Allez, ma chérie. Allons nous laver les mains et trouver ta grand-mère. J'ai l'impression que j'aurais besoin de quelques-uns de ses bonbons spéciaux en plus.

Ils marchaient devant, main dans la main, tandis que je réfléchissais à la façon d'empêcher Kensi de dire à ma mère qu'elle nous avait trouvés dans le grenier, en train d'inspecter les cheminées et de partager du lait de poule secret.

Laura ramena Kensi dans le salon familial, et je profitai de l'occasion pour me laver et enfiler un pantalon qui n'était pas taché de mon sperme. Quand je revins dans la pièce, je trouvai Laura assise près du bar. J'arrachai une branche de gui et me dirigeai vers elle.

J'inclinai le tabouret de Laura vers l'arrière. Ses jambes s'envolèrent et elle poussa un cri. Je tenais la branche verte au-dessus de nos têtes et scellai sa bouche d'un baiser à l'envers. Ses lèvres cédèrent aux miennes, douces et accueillantes. Elle avait un goût de lait de poule et de rhum épicé. Nos lèvres se séparèrent avec un bruit de succion, et je jetai un coup d'œil au bar où se trouvaient deux verres vides.

— Tu as un goût délicieux.

Elle gloussa, se recomposant.

— Toi aussi. Presque comme... du lait de poule, mais pas tout à fait.

Merde.

J'éclatai de rire et pointai le bar du doigt.

— Combien en as-tu bu, Mademoiselle Young ?

— Je n'ai pas compté, mais ta famille n'arrête pas de me donner ces boissons...

Elle fit un geste de la main vers la rangée de verres que je n'avais pas remarquée de son autre côté.

Comme sur un signal, Hunter revint au bar. Il remplaça instantanément le verre presque vide de Laura par un plein.

— Hé, ça suffit pour elle, avertis-je, mais Laura avait déjà porté le verre à sa bouche.

— Détends-toi, Silver. Ils ne sont pas forts, et je sais exactement ce que je peux supporter, dit-elle avec un clin d'œil.

— Tu as entendu la dame, dit Hunter. Elle sait exactement ce qu'elle peut supporter.

— Tu n'es pas censé être avec Cece et Candy ?

Il regarda sa montre. — Elles sont parties il y a une heure. La prochaine vague de tempête, selon le bulletin météo, commencera dans deux heures et demie.

— Ça veut dire que tu vas traîner avec Laura maintenant ? demandai-je, lui lançant un regard pour qu'il dégage. Au lieu de cela, il sourit narquoisement, comme si m'énerver la veille de Noël était le meilleur cadeau qu'il puisse recevoir.

— Je ne sais pas. Ça dépend de ce que la dame désire.

— Elle désire que tu dégages. Je poussai doucement son épaule. Heureusement, Hunter partit en ricanant.

— Hé, ne sois pas si méchant avec ton frère, m'accusa-t-elle, se balançant légèrement sur sa chaise avant de prendre une autre gorgée.

— Tu sais, il ressemble à une version plus jeune de toi.

— Qui ?

— Ton frère. Étais-tu aussi un grand dragueur ?

— J'espère que non. Attends, il flirtait avec toi ?

— Est-ce que ça a de l'importance s'il l'a fait quand c'est son frère aîné que je veux ?

— Bonne réponse, Mademoiselle Young, mais la prochaine fois, plus de boissons de Hunter. J'enlevai celui qu'elle tenait à la main et le posai loin sur le bar. — Il les fait plus fortes que tu ne le penses.

Un léger rot s'échappa de sa petite bouche, me rappelant ses lèvres gonflées autour de ma queue.

— Excuse-moi. Elle couvrit sa bouche.

Je me déplaçai sur mon siège et tissai le gui dans ses cheveux de la même manière que je nouais des marguerites dans les tresses de Kensi.

— Maintenant, je peux t'embrasser encore et encore, lui dis-je, et elle frissonna.

Elle avait toujours la bouche couverte quand elle dit : — Je ne sais pas. Je ne me sens pas très bien.

— Tu vas vomir ?

— Non, je ne vais pas vomir. Je n'en suis pas encore là, mais tu as raison, les boissons de Hunter sont à mourir... Je veux dire, elles sont meurtrières... Non, elles sont foutrement redoutables. Elle gloussa.

J'aimais sa bouche sale plus que sa bouche ivre. Elle ajouta ensuite : — Ne t'inquiète pas, Kensi joue avec Trevor, et ils ont préparé les biscuits et le lait pour le Père Noël.

Il n'y avait qu'un seul biscuit qui m'intéressait ce soir, et il dépassait définitivement celui du Père Noël.

— Tu vas dessoûler à temps pour le dîner du réveillon de Noël ?

— Quoi ? Sa tête se redressa brusquement, les sourcils froncés, et elle fit la même expression confuse que Kensi quand elle révisait ses additions.

— Je pensais que c'était demain.

— Oui, le dîner du jour de Noël est demain. Le réveillon de Noël, c'est ce soir.

— Bon sang, c'est la plus longue journée de ma vie. Et le Père Noël vient aujourd'hui ?

Je ris. — Oui, le Père Noël vient aujourd'hui.

Si le Père Noël s'y prenait bien, il viendrait plus d'une fois.

— Kensi dormira encore chez ses grands-parents, donc je pourrai t'avoir rien que pour moi.

— On dirait le cadeau parfait pour nous deux, répondit-elle, sirotant un nouveau verre. Je n'avais pas remarqué quand elle avait commandé le cocktail. — Mais je n'ai pas de cadeau pour toi.

— Je peux penser à quelques choses que tu peux me donner ce soir. Si tu es sobre.

— C'est du lait de poule et du rhum à la noix de coco, donc c'est presque comme un repas. Ton père a dit que c'était la meilleure combinaison.

Je secouai la tête. — Oh, Mademoiselle Young, il semble que ma famille t'ait corrompue.

Ses lèvres s'étirèrent en un large sourire, et elle pencha la tête. J'essayai de déchiffrer le regard malicieux sur son visage, mais je n'étais pas prêt pour sa réponse. — Et toi ? Quand vas-tu me corrompre ?

'Maintenant' aurait été la réponse appropriée, mais quelqu'un mentionna que le dîner serait dans quinze minutes.

— Tu ferais mieux de dessoûler avant que le Père Noël n'arrive ce soir. Tu ne veux pas être sur sa liste des vilains enfants.

Elle se pencha. — Nous savons tous les deux qu'il est trop tard pour moi, à moins que tu ne considères ce que nous avons fait dans le grenier comme pas assez vilain ?

Elle jouait avec le feu qui s'allumait dans ma queue.

— Oh, Mademoiselle Young, j'ai tant de choses à t'apprendre.

Quelques minutes plus tard, tout le monde se rassemblait pour le dîner. Elle sauta du tabouret, et je la rattrapai par le coude, la guidant vers la longue table rustique, chargée d'un festin de style potluck qui rivaliserait avec n'importe quel banquet royal. Chaque plat avait une histoire à raconter, de la légendaire casserole de haricots verts de tante Marge au ragoût de chevreuil alléchant préparé par l'un des chefs de l'équipe. Les bougies scintillaient dans la pièce faiblement éclairée, projetant une lueur chaleureuse. L'odeur de pin et de cannelle emplissait l'air tandis que les rires résonnaient en harmonie.

Kensi était assise en face de moi, à côté de Laura, ses petites jambes se balançant d'avant en arrière. Elle admirait les lumières scintillantes au-dessus de sa tête, leva la main et pointa du doigt, comptant les ampoules.

— Un, deux, trois... Je ne prêtai plus attention à sa voix et croisai le regard de Laura. Elle était absolument magnifique. Ses cheveux étaient attachés avec des mèches lâches ici et là. La coiffure exposait son long cou, me rappelant où mes lèvres avaient parcouru sa peau. Je ne pouvais pas détacher mes yeux d'elle. Chaque fois qu'elle me surprenait à la regarder, elle souriait et mordait sa lèvre inférieure, me rendant fou. Un spasme se déclencha dans mon pantalon. Je désirais cette femme comme je n'en avais jamais désiré une autre auparavant.

— Puis-je avoir votre attention, s'il vous plaît ? tonna mon père, sa voix réussissant d'une manière ou d'une autre à percer à travers les conversations et le tintement des couverts. Mon oncle se tenait à côté de lui, les deux patriarches aux cheveux argentés rayonnant de fierté alors qu'ils observaient la pièce jusqu'à ce qu'elle soit enfin silencieuse.

— Tout d'abord, commença mon père, nous voulons tous vous remercier de vous joindre à nous pour célébrer une autre année fantastique ici au Silver Lodge. Votre travail acharné et votre dévouement ont fait de Silver Brothers Securities ce qu'elle est aujourd'hui — une force imparable.

— Bien dit ! intervint le père de Tristan, levant son verre pour porter un toast. — Nous ne pourrions être plus fiers de nos fils et de leur empire en pleine croissance. Et n'oublions pas l'équipe incroyable derrière eux — il fit un geste vers les autres employés — sans qui rien de tout cela ne serait possible.

— Tu as raison, mon frère, poursuivit mon père. — Ça a été une année de croissance pour nous tous. Nous avons élargi nos services et atteint de nouveaux sommets, tout en maintenant les normes élevées que nous nous sommes fixées. Alors, prenez un verre et levez-le à l'avenir de Silver Brothers Securities !

— Santé ! s'exclamèrent tous en chœur, levant leurs verres pour trinquer.

— Santé, fis-je écho, levant mon verre — regardant droit vers Laura, qui sirotait une nuance plus foncée de lait de poule.

— C'est encore avec du rhum ? lui demandai-je.

— Ça l'est. Pourquoi ?

Je vis mon frère ricaner dans sa barbe. Hunter profitait de ça comme le sale gamin gâté qu'il était. Connard inconsidéré.

— Parce que j'ai besoin que tu sois sobre ce soir, baissai-je la voix.

— C'est juste un peu de lait de poule épicé. Hunter les fait parfaitement. N'est-ce pas, Hunter ? Elle donna un coup d'épaule à mon frère, qui était assis de son autre côté, porta son verre à ses lèvres et fit un clin d'œil comme une tentatrice malicieuse.

— Tout à fait, répondit-il.

— Tu essaies de la saouler ? lui demandai-je.

— Le verre d'une dame ne devrait jamais être vide.

— Ce n'est pas grave, James. Je peux me débrouiller. Je te promets, je vais bien. De toute façon, je ne conduis pas pour rentrer.

Je versai un verre d'eau et le lui passai. Elle semblait bien converser pendant le dîner, aida Kensi avec ses portions, et répondit à toutes les questions de ma fille sur le Père Noël, et elle but trois verres d'eau avant que nous finissions le dessert.

— D'accord, tout le monde ! C'est l'heure du sketch annuel de Noël. Ma cousine Emma se leva de table et commença à rassembler la famille près de la cheminée. Kensi avait son propre rôle cette année, et elle se précipita derrière sa tante.

— Viens, Young, je t'ai gardé une place avec la meilleure vue.

Je fis le tour de la table, glissai ma main autour de sa taille et la conduisis vers le confortable salon près de l'autre cheminée. L'endroit offrait une vue parfaite sur le spectacle. Un groupe d'enfants, âgés de six à douze ans, s'installait sur la scène improvisée.

Laura s'installa confortablement, et je me penchai pour l'embrasser sur la joue. — Je suis désolé, mais je dois m'absenter un moment.

— Tu ne restes pas regarder ? demanda-t-elle.

Je vérifiai l'heure. — Je ne peux pas. J'ai un engagement préalable.

— Oh, allez, Silver. C'est le réveillon de Noël.

Exactement. C'était le réveillon de Noël, et le Père Noël avait du travail à faire.

Le vingt-quatre décembre était officiellement la journée la plus longue et la plus déroutante de ma vie. C'était aussi un jour que je n'oublierais jamais, pour toutes les bonnes et mauvaises raisons.

Je change de place, passant du fauteuil près de la cheminée au tabouret de bar, et je prends une autre gorgée du cocktail spécial de Hunter. L'alcool pulsait dans mes veines, me mettant sur le qui-vive et m'enflammant, comme une veste d'hiver en pleine canicule, aux portes de l'enfer. Je n'arrivais pas à croire que James était parti, comme ça, au beau milieu de la représentation de sa fille. J'ai descendu mon verre cul sec, savourant le buzz qui apaisait mon âme.

Jusque-là, cette soirée avait été l'une des meilleures de ma vie. Le dîner intime en famille que nous avions partagé, les bons vœux que nous avions échangés, et toutes les merveilleuses histoires que j'avais entendues de Kensi à propos de son père m'avaient remplie de toute la joie de Noël que je pouvais contenir. La soirée aurait été meilleure s'il était resté.

Emma s'est avancée comme narratrice. Son enthousiasme contagieux a immédiatement fait apparaître un sourire sur mon visage.

— Il était une fois, dans le pays magique de la Vallée des Flocons de Neige...

Ne l'écoutant plus, je me suis convaincue que la chaleur dans ma poitrine n'était pas liée au lait de poule au rhum et au chocolat que je tenais à la main.

Julia est passée et a fait tinter son verre contre le mien. — Je vois que tu es aussi intéressée que moi. Joyeux Noël.

— Joyeux Noël. As-tu eu des nouvelles d'Allie ? Elle n'a pas répondu à mes messages.

— Il s'avère qu'elle avait une salmonellose, mais elle est stable. Elle dort beaucoup.

— Quoi ?

— Elle est entre de bonnes mains, mais il lui faudra quelques semaines pour se remettre.

— D'accord. Je suppose que c'est une bonne chose. Merci d'avoir pris de ses nouvelles, ai-je dit.

— Bien sûr. Fais-moi savoir si je peux aider, a-t-elle dit avant de rejoindre son petit ami.

Le salon était bondé de famille et d'amis — les frères Silver, leurs cousins, parents et les Wagner occupaient les canapés près de la cheminée. Des flocons de neige en papier faits main, suspendus au plafond par des fils, flottaient dans l'air. Des guirlandes lumineuses entouraient les fenêtres et les poutres, et des branches de sapin décoraient le manteau de la cheminée avec des rubans et des ornements.

La pièce portait l'odeur du pin et de la cannelle. Les Silver riaient aux éclats et s'étreignaient chaleureusement, leurs joues rosies par la chaleur du feu et le léger bourdonnement du lait de poule alcoolisé. Ils étaient si nombreux. Les enfants avaient enfin terminé leur sketch et attendaient joyeusement l'arrivée du Père Noël près du sapin.

Hunter a retiré le verre vide de ma main. Quelques secondes plus tard, quelqu'un m'en a tendu un nouveau. Les frères parlaient de ski et de sécurité pendant que je sirotais ma boisson.

Quand j'ai eu fini la moitié du verre, et que le lait de poule avait enfin atteint ma vessie, je me suis poliment excusée pour aller aux toilettes. Je me suis rafraîchie et à mon retour auprès du groupe, Emma est venue tirer sur mon bras. — Tu cherches James ?

— Oui.

Elle a laissé échapper un petit rire.

— Qu'est-ce qui est si drôle ?

Emma a couvert sa bouche d'une main et a fait un geste vers l'entrée du salon de l'autre, où se tenait un Père Noël effervescent avec un sac rouge de cadeaux sur l'épaule.

— C'est lui ?

Le bruit s'est atténué et Emma s'est précipitée près du foyer, à côté du fauteuil du Père Noël, où James arborait un costume complet, y compris une barbe argentée, des cheveux argentés et un faux ventre qu'il agrippait avec fierté.

Le costume rouge en peluche était garni d'une luxueuse four-rure blanche, et un chapeau assorti était posé sur sa tête. La barbe et la moustache blanches et touffues dissimulaient complètement son visage, mais ses yeux bleus perçants brillaient toujours, ajou-tant de l'intensité au personnage jovial.

Dans son autre main, il tenait la poignée d'une lanterne acces-soire, enveloppée d'un motif de canne à sucre. Elle projetait une lueur chaude et vacillante sur la scène.

— Ho, Ho, Ho ! a-t-il tonné, sa voix un grondement impres-sionnamment profond. Joyeux Noël !

Les adultes ont ri, impressionnés par son engagement, tandis que les enfants criaient et couraient partout. Kensi se tenait à quelques mètres, regardant l'homme comme s'il était un intrus, et je me demandais si elle le reconnaissait. Mais une fois que le Père Noël argenté a distribué des cadeaux aux enfants impatients, il a conquis Kensi en un clin d'œil.

Il semblait nerveux, mais le montrait à peine. Alors qu'il interagissait avec chaque enfant, j'ai aperçu des bribes du vrai James — l'homme charmant et attentif qui se souciait sincèrement de ceux qui l'entouraient. Celui qui était probablement inquiet du verre dans ma main.

— Ho, ho, ho ! a-t-il tonné à travers la pièce.

Je me suis perchée sur l'un des tabourets les plus hauts au fond, et pendant qu'il distribuait les premiers cadeaux, j'ai écouté la tante et l'oncle de James lire l'histoire de la Nativité. On a servi plus de lait de poule, des chants de Noël jouaient en fond, et une atmosphère familiale m'a enveloppée à nouveau. Ils partageaient des souvenirs nostalgiques et des blagues idiotes. Chaque membre de la famille disait au Père Noël ce qu'il espérait, et toutes les quelques minutes, James jetait un coup d'œil dans ma direction, bien que ses sourcils blancs volumineux gênassent sa vision.

L'horloge grand-père dans le coin a sonné neuf heures et les devoirs du Père Noël étaient loin d'être terminés.

— Très bien, tout le monde, rassemblez-vous ! a tonné James, sa voix étouffée par la barbe blanche touffue. Le Père Noël a encore quelques tours dans son sac ce soir !

Un silence est tombé sur la pièce alors que tout le monde se tournait pour le regarder. Ses yeux ont balayé la foule, cherchant quelque chose ou quelqu'un, et je n'ai pas pu m'empêcher de sentir un frisson dans ma poitrine quand son regard s'est attardé sur moi un moment de plus que nécessaire. Il est rapidement revenu dans son personnage, levant les mains avec un geste théâtral.

— D'abord, nous avons une surprise spéciale pour nos jeunes invités, et ça rime avec... chocolat ! a-t-il annoncé, en plongeant la main dans son sac apparemment sans fond. Mais avant cela — il a fait une pause, m'adressant un sourire complice —, quelqu'un peut-il m'apporter une autre boisson ? Ce costume est plus chaud que le sauna du diable.

Tout le monde a ri.

— Tout de suite, Père Noël. Tante Marge a disparu dans la cuisine. Quelques instants plus tard, elle est réapparue avec une chope ridiculement grande de ce que je supposais être du rhum-coca, qu'elle lui a tendue avec un sourire malicieux. J'espère que ça me fera sortir de ta liste des vilains.

— Oh, Tante Marge, nous savons tous que c'est impossible, a répondu James, soulevant un chapeau imaginaire dans sa direction avant d'avaler la boisson.

Tout le monde a ri à nouveau.

Alors que James continuait à distribuer des cadeaux, ses yeux rencontraient occasionnellement les miens, créant une connexion qui m'envoyait des frissons le long de la colonne vertébrale. La chaleur de la pièce et le rhum dans mes veines dépassaient le confort des oreillers et des nuages.

Je sirotais une nouvelle boisson de M. Silver quand Emma m'a attrapé le bras. J'ai résisté à la traction jusqu'à ce que je remarque que l'attention de tout le monde était sur moi.

— C'est ton tour, a-t-elle dit.

La pièce est devenue silencieuse.

Je l'ai regardée, perplexe. — Mon tour pour quoi ?

Le Père Noël m'a fait signe d'approcher d'un doigt. Les coins de ses yeux se sont plissés alors qu'il m'adressait un sourire complice. Le jeu de la lumière et de l'ombre sur son visage m'a attirée dans son sortilège comme aucune autre expérience que j'avais connue avant ou depuis. Bien que je ne puisse pas le voir clairement sous sa barbe et ses sourcils épais, je sentais son regard intensément fixé sur mon corps.

— C'est ton tour de t'asseoir sur les genoux du Père Noël. Elle m'a fait signe d'approcher, s'assurant que toute la pièce soit focalisée sur moi. Ne sois pas timide maintenant.

J'ai posé mon verre avant de glisser du tabouret de bar et de me lever. L'alcool et l'excitation pulsaient dans mes veines comme une rivière bouillonnante alors que je me dirigeais vers le trône du Père Noël. Je pouvais sentir la chaleur sur mes joues et mes paumes étaient moites. Malgré mes tremblements, j'ai réussi à traverser la pièce, pleinement consciente de tous les regards posés sur moi.

Ma gorge était sèche lorsque j'ai dit : — Bonjour, Père Noël.

Quelqu'un dans la foule a crié : « Assieds-toi sur ses genoux ! », alors James m'a saisie et m'a fait pivoter par les hanches. Il m'a fait asseoir sur ses genoux avant que je ne puisse réagir et m'a tenue si inappropriément proche que je craignais que les enfants ne se fassent de fausses idées.

— Je te pardonne, ai-je chuchoté.

— Pour quoi ?

— Pour m'avoir laissée plus tôt sans explication.

— J'espérais que le costume du Père Noël s'expliquerait de lui-même. Son souffle a balayé mes cheveux alors qu'il chuchotait : Au fait, tu es incroyablement sexy. Hunter n'arrête pas de te regarder.

J'ai tiré sur sa barbe et répondu d'un ton espiègle : — Et toi, Père Noël ? Que regardes-tu ?

— Tout sauf toi, a-t-il dit.

J'ai rapidement reculé. — Quoi ?

Il a resserré sa prise sur ma hanche et murmuré : — Quand je te regarde, j'ai une érection. Et comme j'ai des enfants assis sur mes genoux, je ne peux pas laisser ça arriver.

J'ai malicieusement remué mon postérieur sur sa cuisse solide et laissé ma jambe frôler l'excitation pressée contre son pantalon de Père Noël. Il ne mentait pas à propos de son érection. — Que comptes-tu faire à ce sujet ?

Il a regardé autour de la pièce comme s'il cherchait une sortie, puis a frotté sa main contre l'entrejambe de son pantalon en me fixant d'un regard voilé.

— De toute évidence, le Père Noël aura besoin d'une pause toilettes. Tu veux le rejoindre ?

— Je peux pas te dire mon vœu d'abord, Père Noël ?

Il s'est figé alors que je remuais mon derrière.

— Arrête de faire ça, bordel, ou je vais perdre le contrôle. Malgré l'avertissement, un lent sourire s'est dessiné sur son visage. Que peut faire le Père Noël pour vous ce Noël, Mlle Young ?

J'avais à peine dit quelque chose, pourtant j'étais essoufflée. Mais il avait eu son apéritif dans le sauna et j'avais eu le mien dans le grenier. Il était temps de planifier le plat principal. J'ai hésité avant de me pencher. J'ai couvert le côté de nos visages, au cas où quelqu'un pourrait lire sur les lèvres, et chuchoté : — J'aimerais être ton cadeau personnel cette semaine.

Son rire grave a provoqué des vibrations le long de ma peau et son souffle chaud a caressé mon cou alors que sa prise se resserrait sur ma hanche. — Et qu'est-ce que cela implique, Mlle Young ? Parce que je ne veux pas, et n'ai pas besoin, d'une prostituée.

— Ce n'est pas ce que je voulais dire.

— D'accord. Explique. Qu'implique ce cadeau personnel ?

Heureusement, sa voix normalement tonitruante était assez basse pour que seule moi puisse l'entendre. Je me suis penchée plus près, cette fois en effleurant son lobe d'oreille de mes lèvres. — Je veux que tu me déballes lentement.

Un grognement a résonné dans sa poitrine, et sa main a glissé sous mon pull pour saisir mon sein. Je ne sais pas comment il a fait pour le cacher, mais il l'a fait. Et quand il a pincé mon téton, j'ai failli bondir de ses genoux. — Considère que c'est fait, Mlle Young.

Il me libéra de son emprise, et je me levai, chancelante, bien sûr, putain, qui te pince le téton en plein milieu d'une réunion de famille ? Son regard brûlait mon dos tandis que je m'éloignais. Je jetai un coup d'œil par-dessus mon épaule et me mordis la lèvre en voyant James couvrir son entrejambe avec un énorme cadeau.

— Très bien, tout le monde ! Il est presque temps pour le Père Noël de partir. Chantons un autre cantique !

James frappa dans ses mains pour rassembler la foule et

commença avec « Rudolph le renne au nez rouge ». Je me joignis aux autres pour chanter, l'esprit bourdonnant de pensées sur ce qui venait de se passer et tout ce que je voulais qu'il se passe, et avant que je ne m'en rende compte, je l'avais perdu de vue.

L'atmosphère magique qui semblait me rapprocher d'un homme que je n'avais considéré que comme une aventure était contagieuse. Peut-être était-il temps d'accepter qu'il puisse être plus qu'une simple aventure ?

Quelques verres plus tard, plus une danse privée avec le Père Noël, et j'étais aussi allumée qu'un sapin de Noël.

— C'est l'heure du Monopoly et du Twister ! annonça quelqu'un quand nous eûmes fini de chanter.

Axel passa avec un verre et le fit tinter contre le mien. — Joyeux Noël, Laura.

— Joyeux Noël, Axel. Je bus une gorgée. — Comment va Trevor ?

— Il se vante auprès de ses grands-parents d'avoir skié plus vite que son père.

Je ris doucement, mon rire à peine audible mais pétillant de chaleur. Ce devait être le lait de poule.

— Il y a peu de peur quand on est jeune, dis-je.

— Merci pour ton aide sur les pistes. J'ai reçu un appel inattendu, et le harnais s'est cassé...

— N'en parle pas. Il a probablement fait peur à sa mère quand il lui a raconté ce qui s'est passé.

— Chloé n'est plus là. Elle est décédée il y a quelques années.

Je croisai mes bras sur ma poitrine. — Oh, c'était insensible de ma part. J'ai simplement supposé puisque vingt pour cent des familles sont monoparentales...

— Pas de mal.

— Je suis quand même désolée.

— Merci. Nous n'irons pas sur les pistes demain. Une tempête de neige arrive. Reste à l'intérieur.

— Je le ferai.

Il partit, et j'attendis le retour de James. Combien de temps fallait-il pour se changer d'un costume de Père Noël ?

Kensi me trouva en train de fouiller dans le réfrigérateur de la cuisine à la recherche d'un en-cas.

— Tu avais faim aussi ? me demanda-t-elle.

— Un peu.

J'avais besoin de glucides pour absorber l'alcool dans mon estomac.

— Tu ne devrais pas être au lit ? demandai-je.

— Il n'y a pas d'heure de coucher aujourd'hui. Ce soir est une nuit spéciale. Et j'attends un appel de maman.

Elle tripotait un téléphone dans sa main. — Tu as un téléphone portable ?

— Je te l'ai dit. J'attends que maman m'appelle, mais la tempête brouille le réseau. C'est ce qu'a dit oncle Julian. Et maintenant, je ne sais pas si maman va appeler parce qu'elle me manque et je veux qu'elle vienne, mais il y a beaucoup de neige.

— Oh, Kensi. Je suis sûre que ta maman te manque aussi, mais ce serait trop dangereux de voyager maintenant.

— Je sais. C'est pour ça que je veux qu'elle appelle. Je dois lui parler de nos anges de neige, de l'igloo et du Père Noël.

— Ne t'inquiète pas, ma puce. Je suis sûre qu'elle appellera avant la fin de la journée.

— Merci. Elle me serra la taille. — Je me suis bien amusée aujourd'hui.

Mon cœur débordait de joie, réalisant que j'avais rendu les fêtes de la petite Kensi magiques. S'il y avait une personne que j'espérais rendre heureuse, c'était bien elle. — Vraiment ?

— Oui, dit-elle en hochant la tête. Et tu sais quoi d'autre ?

Je secouai la tête. — Quoi d'autre ?

Elle se mordit la lèvre et baissa les yeux comme si son souhait ne devait pas être mentionné. — J'ai touché la barbe du Père Noël, et il a souri, et puis il m'a soulevée sur ses genoux ! Il sentait les biscuits et les cannes à sucre. Elle gloussa, puis soupira rêveusement, s'asseyant sur un tabouret de cuisine. — J'ai hâte d'être à Noël matin parce que les chaussettes sont encore vides, donc le Père Noël a du travail à faire, et quand les chaussettes débordent, il met les cadeaux sous le sapin, mais certains cadeaux ne peuvent pas tenir là parce que certains cadeaux ne sont pas fiscaux.

— Fiscaux ?

— Oui, comme quand tu souhaites la santé de grand-père et qu'il va mieux, ce n'est pas un cadeau fiscal.

Je lui ébouriffai les cheveux. — Tu veux dire un cadeau physique ?

— Oui.

— C'est le genre de cadeau que tu voudrais ?

— Oui. Je veux maman et papa et toi pour Noël. Pour qu'on soit ensemble, comme une famille. Et puis on pourra construire une famille de bonhommes de neige.

— Oh, Kensi. Je soupirai. — Est-ce que quelqu'un t'a déjà dit que tu as un cœur spécial ?

— J'ai un cœur spécial et un rein spécial, dit-elle.

— Quoi ?

— C'est ce que maman dit. Elle a dit qu'elle appellerait avant que le Père Noël ne vienne et...

Le téléphone de Kensi sonna, et nous sursautâmes toutes les deux, surprises.

— C'est elle ! Elle sauta du tabouret de cuisine.

— Décroche, l'encourageai-je.

Elle fit glisser son doigt sur l'écran et sourit d'une oreille à l'autre. — Salut, Maman.

Je la regardai se précipiter vers les poufs près de la fenêtre et s'enfoncer dans l'un d'eux ; son visage rayonnait d'un sourire plus large que je ne l'avais vu de toute la journée. Elle aimait tellement ses parents. Si la vie pouvait s'arrêter et éliminer le stress et les pressions, grandir ne serait pas si difficile. J'ai grandi vite, mais je n'avais pas le choix. Au moment où j'avais le plus besoin de l'amour et du soutien de mes parents, je ne pouvais pas les trouver.

Et ce dont j'avais besoin maintenant, c'était d'un verre plus fort.

Chapitre 10
James

J'ai enlevé mon costume de Père Noël en vitesse et je suis entré dans la douche pour un rinçage rapide. Mon smoking pour la soirée était suspendu, impeccable, dans le placard. J'ai enfilé une chemise fraîche et allumé la télévision. Les compagnies aériennes avaient annulé tous les vols, donc Tiff ne se montrerait pas. Dieu merci. Cette femme s'était immiscée dans ma vie il y a une décennie, lorsque Silver Securities avait rénové son intérieur. Nous avions bien travaillé ensemble au début... Jusqu'à ce que ça ne marche plus. J'ai ajusté mon nœud papillon et souri pour moi-même : ce soir était entièrement consacré à Laura.

Je l'ai trouvée au bar, un verre à la main. Sa robe au décolleté plongeant soulignait sa poitrine généreuse, tandis que l'ourlet court révélait ses cuisses toniques et éveillait immédiatement des pensées pécheresses dans mon esprit. Elle a croisé une jambe sur l'autre, couvrant l'apéritif auquel je ne pouvais m'empêcher de penser.

Julia s'est éloignée de Laura, et je me suis approché du bar.

— Un martini, au shaker, pas à la cuillère.

Elle s'est lentement retournée pour me faire face, retenant un rire.

— Tu es assise sous du gui, Mademoiselle Young, ai-je dit en riant tout en brandissant le brin de verdure festif que j'avais volé dans le hall. Cédant à une impulsion instinctive, je me suis penché pour capturer sa bouche dans un baiser avant qu'elle ne puisse réagir. Ses lèvres étaient chaudes et dociles sous les miennes, avec un goût de désir et de riches boissons alcoolisées. Je me suis éloigné à contrecœur.

— Le gui dans mes cheveux ne suffit plus ? Tu sais, tu n'as pas besoin d'excuse pour m'embrasser.

— C'est bon à savoir. J'ai baissé ma bouche vers la sienne pour un autre baiser et j'ai demandé contre ses lèvres : Comment te sens-tu ?

— J'ai beaucoup de sentiments aujourd'hui, mais je sais que je ne suis pas ivre.

— Bonne fille.

Elle a frissonné. — Tu es vraiment classe, Père Noël.

Elle a baissé sa main sur ma poitrine et a fait des cercles avec sa paume sur le tissu de mon smoking. — Wow. C'est... moulant. Puis elle a attrapé mon muscle pectoral et lui a donné une pression espiègle.

Mes sourcils se sont envolés. — Ça va ?

Elle a sauté de la chaise et a failli trébucher. Je l'ai maintenue stable par le coude.

— Oui, désolée... Tu es un Père Noël canon et en smoking, t'es encore plus craquant, a-t-elle dit avec un sourire aguicheur.

— Homme en costume ?

— Smoking, costume.

Oh, non.

— Combien en as-tu bu ? ai-je demandé en pointant le verre avec les glaçons fondants à l'intérieur.

— Ce n'est pas ma faute. Ta famille adore le lait de poule, surtout celui au rhum.

— Et combien de verres de lait de poule au rhum as-tu bus ?

Elle a montré une distance d'un demi-centimètre entre ses doigts et a chuchoté : — Je crois un peu trop. Chut !

Son index s'est pressé au milieu de mes lèvres, écrasant ma bouche. J'ai capturé sa main dans la mienne et l'ai embrassée. — Ma famille t'a débauchée, ma belle.

Elle m'a fait un sourire à moitié ivre. — Peut-être parce que tu prends ton temps ?

J'ai passé mes mains dans mes cheveux, luttant pour ne pas les arracher. La solution était évidente. Malgré son état, je brûlais d'envie de la posséder sur-le-champ, mais je me suis retenu. J'ai fait signe au serveur. — Un verre d'eau, s'il vous plaît.

Il a rempli un verre et le lui a tendu.

— Bois.

Elle a bu un quart du contenu avant que je ne réalise que l'hydratation ne serait pas assez rapide. La soirée touchait lentement à sa fin. Julian était assis près de la cheminée avec Kendra, faisant défiler son téléphone, et Hunter était probablement en train d'évacuer toutes ses erreurs dans sa chambre.

J'ai dit bonne nuit à mes parents et à Kensi, puis je suis retourné vers Laura et l'ai prise sous mon bras. Elle a trébuché tout le long du chemin jusqu'à ma suite. Arrivée dans la chambre, elle s'est affalée sur le lit comme un phoque échoué. J'ai dézippé la robe dorée. Elle a glissé de son corps magnifiquement tonique avec facilité. Un délicat tatouage de plume ornait sa cage thoracique, juste sous son sein avec les mots « Elle a cru qu'elle pouvait, alors elle l'a fait. »

À ce moment-là, j'étais au comble de l'excitation, mais elle n'était même pas consciente. Je l'ai couverte d'une couverture avant de me diriger vers la salle de bain, où je suis entré sous une douche froide pour soulager les pulsations dans mon aine. La douche n'a pas aidé. J'ai tourné le robinet sur chaud et me suis saisi. Mon besoin pulsait à chaque caresse lente. L'image de Laura étalée sur mon lit, son intimité offerte à ma bouche — comme elle l'avait promis — me revenait à l'esprit. À chaque caresse, j'imaginais la sensation de sa peau sous mes doigts, et à chaque poussée dans ma main, je ressentais la sensation de sa chaleur étroite autour de moi alors que je m'enfonçais enfin en elle.

Mes va-et-vient s'intensifièrent, mon souffle devenant haletant. Je me suis tourné pour faire face au mur, m'appuyant d'un bras contre celui-ci. Mes muscles se sont tendus alors que j'imaginais mes mains sur son corps. Je me délecterais du goût de sa peau et de la douceur de ses seins. Et je regarderais ses mamelons changer de forme, durcissant sous mon toucher. Une vague de chaleur a déferlé le long de ma colonne vertébrale, irradiant jusqu'à mon sexe. Mes testicules ont été parcourus de spasmes, et j'ai laissé échapper un gémissement guttural, poussant fort dans mon poing et jouissant abondamment.

Mon pouls s'accéléra alors que je me tenais sous l'eau martelante de la douche. J'ai fermé les yeux et je me suis souvenu de la bouche de Laura sur moi, de son toucher torturant et de la façon dont elle m'avait pris entre ses belles lèvres. Un désir, une envie insatiable qui menaçait de me consumer, s'est éveillé. Mais je ne voulais pas jouir à nouveau. Pas sans elle. La prochaine fois que je me répandrais, ce serait en elle.

Avec un soupir, je suis sorti à contrecœur de la douche et ai trouvé un boxer propre. Je suis allé dans le salon, où je me suis versé un verre de whisky du carafon. C'était comme du feu coulant dans ma gorge et cela n'a fait que peu pour atténuer les envies qui pulsaient dans mes veines. Des souvenirs de notre temps passé ensemble ont rempli mon esprit et m'ont fait frissonner. Quand je l'aurais à nouveau, ce serait explosif.

Je vidai mon verre d'un trait et me tournai vers la porte de la chambre. Mon cœur battait la chamade tandis que j'attendais un signe qu'elle était réveillée et prête pour moi. Mais il n'y avait que le silence. Je suis entré quand même.

Laura était allongée dans le lit comme un ange endormi, les couvertures serrées autour de sa silhouette svelte. Je me suis figé à sa vue. Elle a légèrement bougé, sa respiration douce et lente. Je me suis assis à côté d'elle, mon cœur battant alors que je n'osais pas la réveiller. Avec tendresse, j'ai déposé un baiser aussi léger qu'un murmure sur sa peau, ma bouche effleurant à peine sa tempe. Je l'ai laissée dans mon lit et me suis éloigné à contrecœur vers le canapé.

***

Elle a ouvert les yeux à neuf heures et demie le lendemain matin avec un gémissement :

— Aïe.

— Le Doliprane est sur la table de nuit, et je t'apporte du café.

Elle s'assit rapidement comme si quelque chose n'allait pas.

— Oh mon Dieu, que s'est-il passé ? Est-ce qu'on a... ?

Je me suis levé et me suis approché de son chevet. Elle a suivi chacun de mes pas, les yeux écarquillés et les lèvres légèrement entrouvertes. Je me suis assis au bord du lit et me suis penché pour embrasser ses lèvres gercées, murmurant :

— Tu t'en souviendrais si on avait baisé.

Ses joues ont pris une teinte rosée, et elle a couvert sa bouche de sa main, marmonnant :

— J'ai une haleine de chacal.

Je lui ai tendu un comprimé et un verre d'eau.

— Le café est presque prêt, et j'ai commandé le petit-déjeuner, lui ai-je dit.

Elle a passé ses mains dans ses cheveux, confuse.

— Qu'est-ce qu'il y avait dans ce lait de poule ? a-t-elle demandé.

— Du rhum. Beaucoup de rhum, selon la recette de mon arrière-grand-père. Tu ne te souviens pas quand je t'ai prévenue ?

Elle scruta les alentours, et je toussai.

— J'ai besoin d'une douche chaude et de vêtements propres, c'est sûr.

— Ils ont fermé les remontées mécaniques. Il y a une alerte

avalanche, ce qui signifie que nous avons une journée à l'intérieur devant nous.

— Où est Kensi ? a-t-elle demandé.

— Probablement dans la cuisine, en train de prendre son petit-déjeuner avec ses grands-parents.

— Alors, on est tous seuls ?

— Exact.

— Et tu me dis que je me suis évanouie et que j'ai gâché notre soirée ?

— As-tu passé un bon moment hier ? j'ai demandé.

— Oui.

— Alors tu n'as rien gâché, et je t'assure qu'aujourd'hui sera meilleur. Après que tu auras éliminé ce lait de poule et ce rhum sous la douche.

Elle me frappa avec un oreiller, sauta du lit et partit dans la salle de bain. J'ai disposé le petit-déjeuner près de la cheminée. Il neigeait à nouveau, avec peu de visibilité.

Peu après, des croissants, des viennoiseries et d'autres gourmandises sont arrivés. L'odeur du café fraîchement préparé a envahi la pièce. Laura se changea, enfilant un legging et un pull moelleux avant de s'asseoir à table, prête à manger.

— Je meurs de faim !

Moi aussi.

— Toi, mets ton bonnet de Père Noël.

Elle a pointé du doigt, et j'ai obtempéré.

— C'est mieux comme ça ? Si je me souviens bien, le Père Noël a un cadeau à déballer ce matin.

Elle a fouillé dans sa mémoire, ses yeux s'illuminant finalement.

— C'est bon de savoir que le Père Noël tient ses promesses.

Je l'ai regardée de l'autre côté de la table tandis qu'elle savourait les pancakes, ses lèvres suppliant d'être embrassées. Je ne pouvais m'empêcher d'imaginer comment elle se sentirait et aurait l'air en se tordant sous moi, son corps souple succombant au mien. Plus le temps passait, plus mon plan devenait vivace, et à la fin du petit-déjeuner, j'ai tendu la main à travers la table et pris la sienne dans la mienne, l'attirant vers moi. Elle a levé les yeux avec un mélange de surprise et de désir.

Sans un mot, j'ai repoussé la chaise et me suis levé. Je l'ai soulevée et l'ai placée sur le dessus de la table, écartant assiettes et couverts.

— James, que fais-tu ?

— Si tu dois demander, c'est que je ne m'y prends pas bien.

J'ai plongé vers sa bouche. Mes mains ont parcouru son corps tandis que je l'embrassais, mes doigts descendant le long de sa taille et sous son pull, ses petits halètements dans ma bouche chantant comme une invitation.

Son goût sucré et le parfum frais de son shampooing m'ont enivré. Je l'ai embrassée passionnément, comme si c'était notre dernier instant ensemble, mais quand je me suis penché sur son corps, la table a tremblé. J'ai posé mes paumes à plat sur le dessus et attendu que le sol tremble sous nous. Les yeux de Laura se sont écarquillés. Elle a agrippé mes bras, ses doigts s'enfonçant dans ma peau.

— Tu as senti ça ? a-t-elle demandé.

Le sol a tremblé à nouveau, et nous nous sommes précipités loin de la table. Nous nous sommes tenus sous l'encadrement d'une porte jusqu'à ce que les secousses s'arrêtent.

— Qu'est-ce que c'était ? a-t-elle demandé nerveusement.

La tension m'a crispé la nuque. — Trois possibilités : un tremblement de terre, une avalanche, ou dans le pire des cas, un tremblement de terre et une avalanche.

— Super, mais pas rassurant.

— Attends.

J'ai saisi les jumelles et les ai braquées sur la montagne, mais avec la neige abondante et la visibilité nulle, tout ce que je voyais était blanc. Les lumières ont vacillé, et quelques instants plus tard, mon téléphone s'est mis à sonner.

J'ai fait glisser mon doigt sur l'écran.

— Gabe ?

Mon téléphone portable a bipé, sa batterie était presque épuisée.

— Tout le monde va bien ? Attends, je te rappelle. Je dois vérifier comment va Kensi.

J'ai raccroché et composé le numéro de ma mère.

— On va bien ; tout le monde va bien, a-t-elle dit en décrochant.

Les lumières ont vacillé à nouveau.

— On risque d'avoir une coupure de courant, mais les générateurs prendront le relais quand ça arrivera. Comment va Kensi ?

— Elle s'inquiète que le séisme ait endommagé la cheminée et que le Père Noël n'ait pas pu descendre avec les cadeaux pour les chaussettes hier soir.

— Les cadeaux sont déjà là, mais restez dans votre chambre jusqu'à ce qu'on vérifie s'il y a des dégâts.

— James ?

— Oui, maman.

— Tu te rends compte que ton père, mes frères et mes fils m'appellent tous en même temps, inquiets ? Gabe est sur l'autre ligne.

— C'est parce qu'on est inquiets. Dis-lui de raccrocher. Je vais le rappeler.

Alors que je composais le numéro de mon frère, le courant s'est coupé. J'ai arpenté nerveusement la pièce, de la fenêtre à la table. — On dirait que les générateurs ne s'enclenchent pas, et mon téléphone est presque à plat. Je vais vérifier la salle de maintenance, et toi, va au bunker de réserve, lui ai-je dit.

— Compris.

J'ai raccroché et baissé les épaules.

— Tu dois partir ? Laura s'est voûtée.

— Juste jusqu'à la salle de maintenance. Ça ne prendra pas longtemps.

Elle s'est mordu la lèvre. — Les milliardaires n'ont pas du personnel pour ça ?

J'ai souri d'un air entendu. — Si, sauf le jour de Noël quand tout le monde veut passer du temps avec sa famille.

Son humeur maussade a disparu aussi vite qu'elle était venue, et elle a sauté de la table. — Je viens avec toi, Bond. Ça pourrait être amusant.

— Tout ce que j'ai à faire, c'est appuyer sur un interrupteur.

— Excellent ! a-t-elle applaudi en courant vers la porte, où elle a enfilé ses chaussures. J'ai hâte de te voir jouer avec l'interrupteur.Elle a ri.

J'ai cédé. — D'accord. Allons-y.

Nous nous sommes frayé un chemin dans le couloir jusqu'au spa, éclairé uniquement par la lumière qui filtrait du trou d'eau au-dessus. La neige avait envahi les carreaux.

— Fais attention où tu marches. C'est glissant, ai-je dit.

Le bruit de l'eau qui coule résonnait dans l'espace. Quand nous avons atteint la salle de maintenance, un délicat parfum floral mêlé de menthe nous enveloppa avant que je ne sorte mon petit trousseau de clés et n'ouvre la porte manuellement.

La serrure cliqua, et nous nous glissâmes dans la pièce sombre. Laura sursauta lorsque la porte se referma derrière nous.

— On est enfermés dehors.

J'allumai la lampe de poche et la rassurai en posant ma main sur son bras. — Ne t'inquiète pas, j'ai la clé. Reste ici et ne touche à rien.

Je me faufilai entre deux rangées d'étagères jusqu'au fond de la pièce avant de trouver l'interrupteur du générateur. Un courant fit démarrer le moteur, et les lumières s'allumèrent.

De l'autre côté de la pièce éclairée, le visage de Laura s'illumina.

— Je t'avais dit que je pouvais appuyer sur un interrupteur.

Elle retourna immédiatement à la porte pour l'ouvrir, mais la trouva verrouillée.

— Attends, lui dis-je en revenant vers elle. J'essayai d'ouvrir la porte en tournant la clé dans la serrure, mais elle était coincée.

Laura s'agita frénétiquement, martelant le sol du pied et me regardant comme si nous étions au bord d'une guerre. — Ouvre cette fichue porte, et vite !

— J'essaie. Putain, ça veut pas bouger ! On dirait que c'est bloqué. Je tournai la clé d'avant en arrière, en forçant un peu trop à ma huitième tentative, et la clé se cassa.

Merde.

Elle recula en trébuchant contre le comptoir derrière elle, les yeux écarquillés et remplis de panique. — Pourquoi tu me fais ça ?

Ses lèvres pâlirent.

— Je suis désolé, je n'essaie pas de te garder ici, dis-je. Tu te sens bien ?

— Je... je suis claustrophobe, lâcha-t-elle, sa voix empreinte de peur. Son visage devint livide, et ses yeux se voilèrent. Sa respiration devint saccadée, son cœur battant la chamade. Je secouai la tête, incrédule.

— Je ne savais pas que tu étais claustrophobe.

Elle me lança un regard noir, des larmes au bord des yeux. — Bien sûr que tu le savais ! Je te l'ai dit le jour où on s'est rencontrés ! Tu sais tout de moi. Tu es mon patron, bon sang, et je suis sûre que tu fais des vérifications des antécédents, et ta famille connaît ma famille, donc pas étonnant qu'on ait fini par se croiser, et maintenant... Maintenant, on va mourir ensemble dans cette pièce.

Sa respiration tranquille se mua en halètements frénétiques tandis qu'elle s'agrippait au comptoir pour garder l'équilibre.

J'essayai de me souvenir mais n'avais qu'un vague souvenir qu'elle l'ait brièvement mentionné quand je lui avais demandé si elle faisait une crise de panique. Pour être honnête, j'avais supposé qu'elle exagérait quelque chose qui la mettait mal à l'aise. Quoi qu'il en soit, c'était sérieux, et je devais gérer ça rapidement.

— Hé, hé, hé. Ça va aller. Laisse-moi appeler mon frère pour qu'il ouvre la porte de l'extérieur.

J'essayai d'attraper mon téléphone, mais il était éteint.

— Merde !

— Qu'est-ce qui ne va pas ?

— Ma batterie est morte. Tu as le tien ?

— Non.

J'entendis à peine sa faible réponse.

— On est vraiment enfermés ici ?

Les larmes qui s'étaient accumulées dans ses yeux coulèrent, et sa lèvre trembla. Je pris son visage entre mes mains et l'embrassai si profondément qu'elle ne pourrait penser à rien d'autre. Son corps céda instantanément à mon étreinte tandis que je caressais sa bouche de doux coups de langue et effleurais ses lèvres de baisers tendres. Je repoussai ses peurs jusqu'à ce que sa tension s'évapore et que son corps se détende.

Elle se mit sur la pointe des pieds, enroulant ses doigts derrière ma nuque. De légers soupirs s'échappèrent de sa gorge. Je fis glisser mes paumes le long de sa taille avant de les remonter pour lui caresser les fesses. Mais au moment où je le fis, elle s'écarta, haletante.

Elle me regarda, puis la porte, incertaine de la direction à prendre. Finalement, un petit sourire se dessina sur ses lèvres avant qu'elle ne guide ma main sous son pull et sur sa peau nue. Mon doigt effleura un téton sensible. Elle retint son souffle et mon regard, testant mon self-control. Je n'en avais plus. Plus maintenant, et pas dans cette situation.

— Près de huit milliards de personnes vivent sur cette planète, et j'ai l'honneur d'être coincé avec toi. Quelle coïncidence incroyable, non ? demandai-je.

Elle déglutit difficilement et murmura : — Une sur huit milliards... Peut-être un peu moins.

Je pinçai son téton, et elle sursauta avec un gémissement, cherchant dans mes yeux quelque chose de plus.

Ma bouche se tordit sur le côté. — Je crois qu'il est temps de déballer mon cadeau.

Je me rapprochai, ne lui laissant que peu d'espace pour respirer. Elle se tint contre le comptoir tandis que ma main glissait de sa poitrine vers son torse. Ses yeux s'écarquillèrent, et mon sexe palpita plus fort. Je laissai mes doigts glisser lentement sous l'élastique de sa taille et dans son intimité soigneusement épilée.

Je l'écartai délicatement, mes doigts s'aventurant dans sa chaleur humide. Elle ferma les yeux, le souffle court et saccadé, son corps frémissant sous mes caresses. Sa tête bascula en arrière, un gémissement étouffé s'échappant de ses lèvres entrouvertes. Mon pouce se mit à faire de lents cercles sur son clitoris. J'embrassai son cou, ma main s'activant sur son sexe.

Elle gémit, son corps frémit sous mes caresses.

— James... chuchota-t-elle. S'il te plaît... J'en peux plus...

Je me penchai près d'elle, mes lèvres effleurant son lobe d'oreille.

J'adore quand tu me supplies, ma belle. Il est temps de t'asseoir sur le visage du Père Noël.

La pièce se réchauffait. La sueur coulait le long de mon dos, et quand j'avalais, j'avais l'impression qu'une pierre passait dans ma gorge. Nous étions coincés dans une pièce avec une réserve d'air limitée, et la bouche de James me distrayait.

Il me souleva sur le comptoir, baissa brusquement mon pantalon et enfouit son visage entre mes cuisses. Je poussai un cri, entrelaçant mes doigts dans ses cheveux tandis qu'il léchait et suçait, sa langue explorant chaque centimètre de ma chair. Il bougeait si vite que la pensée de la pièce confinée s'évanouit presque. Je gémissais au rythme des coups de langue. Il taquinait mes cuisses avec des baisers avant de revenir à mon sexe, ne me laissant pas le temps de respirer. Je rejetai la tête en arrière, m'abandonnant au plaisir. Mon corps tout entier frémissait sous sa bouche, mais j'avais besoin de plus. Je voulais qu'il soit en moi. J'avais besoin qu'il me baise, fort.

Je me tortillais sur le comptoir mais le tirai doucement sur ses pieds et l'embrassai sur ses lèvres humides, me goûtant moi-même sur sa bouche. Je m'accrochai à ses bras musclés de toutes mes forces. Il avala mes gémissements avant de tracer des baisers le long de ma mâchoire jusqu'à mon oreille. Il faisait souvent ça. Et j'aimais ça.

— J'ai besoin que tu sois par terre, assise ici, dit-il en pointant son visage.

Mon sexe palpitait.

— Je te veux en moi.

— Bientôt, ma belle. Mais d'abord, tu vas jouir dans ma bouche.

Sa poitrine gronda et mon sexe s'humidifia. Il se tenait devant moi, tandis que j'étais assise complètement nue sur le comptoir, mes genoux entourant sa taille. Je me penchai, pressai ma bouche contre la sienne, et tâtonnai la ceinture de son pantalon de jogging. C'était vraiment con de ma part de picoler hier soir et de louper tout ça !

Il écarta ma main pour la deuxième fois et saisit le bas de mon pull, le soulevant au-dessus de ma tête. Sans soutien-gorge, mes seins jaillirent librement devant son visage. Il se pencha lentement, gardant son regard sur ma poitrine. Je le regardai tracer une colonne de baisers le long de ma poitrine jusqu'à mon sein, refermant sa bouche autour d'un téton et taquinant le contour. Mon autre sein était perdu dans sa main. Ma tête bascula en arrière, et je frissonnai alors que son souffle chaud et sa langue humide dansaient sur ma poitrine.

James relâcha le téton sensible et traça un chemin descendant entre mes seins avant de se retirer. Il me regarda de haut en bas, ses yeux prenant une teinte plus sombre de désir.

Il descendit plus bas, caressant et léchant toujours chaque centimètre de ma chair. Ses mains empoignèrent mes fesses, les serrant fermement tandis que sa bouche explorait. Je m'agrippai à son dos, tremblant sous les sensations fulgurantes lorsqu'il lécha autour de mon nombril. Il rit contre ma peau avant de planter une centaine de minuscules baisers sur un côté de mon os iliaque. Je tendis la main vers sa ceinture, mais il m'arrêta.

— Pas encore. Le père Noël a besoin que ta chatte éclate dans sa bouche.

Il avait l'air si mignon dans ce bonnet. Attends, quoi ? Merde. S'il continuait à parler comme ça, mon sexe allait exploser tout seul.

— Je veux plus que ça. J'abaissai ma main vers son sexe. Je veux...

— Ma queue ? demanda-t-il.

La raucité de sa voix le rendait encore plus mignon.

J'acquiesçai. — Tout de toi.

— Je te donnerai tout ce que tu veux, dit-il avec un sourire malicieux s'étirant sur son visage, après mon petit-déjeuner. Plus d'interruptions.

Il retira les leggings de mes chevilles et écarta mes genoux, m'exposant. L'air frais entra en collision avec ma peau chauffée, mais James ne me laissa pas le temps de reprendre mes esprits. Il me saisit par les hanches et me tira au sol, puis s'allongea sur le dos. Je suivis son mouvement, mes pieds à sa taille avant que je ne m'agenouille avec un genou de chaque côté de sa tête. Une fois au sol, il agrippa mes cuisses et me centra au-dessus de son visage.

Ses yeux brillants, maintenant sombres et affamés, croisèrent les miens. Alors que sa bouche s'approchait de mon sexe, son souffle taquinant mes cuisses intérieures et envoyant un frisson dans tout mon corps, il me lança un dernier sourire coquin et plongea.

Je fermai les yeux. Il glissa ses doigts en moi et tira sa langue de là, la remontant jusqu'à mon clitoris. Je m'agrippai à ses avant-bras pour me soutenir. Il tournoya autour de mon clitoris, cajolant le bouton palpitant, avant de fermer sa bouche et de sucer. Le sang afflua de ma tête à mon sexe. Ses doigts pompaient plus fort, et il faisait cette chose avec sa bouche que je ne pouvais pas comprendre...

— Oh, mon Dieu !

Sa langue frappa une fois, deux fois, trois... cinq fois. J'arrêtai de compter et me perdis dans la sensation de chaque coup me consumant plus vite et plus fermement, jusqu'à ce que mes jambes tremblent sous la douleur croissante. Mon cœur bondit près de ma gorge et mon clitoris durcit alors qu'il gardait sa bouche au bon endroit, et pompait... et pompait.

Des frissons glacés parcoururent mon échine. Je balançai mes hanches d'avant en arrière sur son visage, laissant sa langue fouetter mon clitoris. J'agrippai sa tête, essayant de le centrer, mais il retira ses doigts et plongea sa langue profondément en moi.

— James. Je vais jouir.

— Mmmm. Il soupira autour de ma chair, poussant sa langue plus profondément dans mon sexe et me dévorant comme si j'étais sienne, et seulement sienne. Il lécha encore et encore avant de saisir mon clitoris entre ses lèvres.

— Tu vas me faire jouir. Mes respirations étaient courtes et irrégulières.

Je pouvais à peine voir droit alors qu'il étouffa un rire avant de me relâcher un instant pour dire : — Oui, je vais le faire, me mordant la cuisse pour me faire attendre, puis replongeant. Je me poussai contre lui à nouveau, trop loin pour retenir les sons s'échappant de ma gorge.

Mes muscles se tendirent alors que les doux picotements commençaient. Je lâchai sa tête et serrai ses bras jusqu'à ce que mes doigts s'engourdissent. Il me regardait d'en bas tandis que je me balançais au-dessus de lui, me projetant contre son visage. Sa main atteignit mon sein où il fit des ravages jusqu'à ce que chacun d'eux réclame plus de son toucher rugueux. James pinça et tira alternativement d'abord un téton, puis l'autre jusqu'à ce que je ne puisse plus respirer sous l'assaut.

— S'il te plaît...

Il referma sa bouche autour de mon sexe à nouveau, suçant et léchant. Un spasme traversa mon corps, puis un autre.

Sa bouche s'éloigna assez longtemps pour respirer : — Jouis, Laura. Maintenant.

Après cela, sa bouche implacable ne lâcha pas prise jusqu'à ce que les spasmes se rassemblent en une gigantesque contraction et déclenchent ma libération. L'orgasme bouleversant jaillit de mes membres comme si j'avais mis une fourchette dans une prise électrique. Mes orteils se recroquevillèrent, ma bouche s'ouvrit, et je tremblai jusqu'à ce que je ne puisse plus supporter l'extase et criai de plaisir et de douleur.

— Oh, mon Dieu ! Oui !

Je tirai sur ses cheveux, arrachant sa tête de mon sexe tandis que mon corps se convulsait dans son étreinte. Mes jambes tremblaient, mes tétons se dressaient fièrement, et la tension entre mes jambes continua de se relâcher jusqu'à ce que l'orgasme s'apaise. J'ouvris les yeux et baissai le regard vers sa bouche luisante. À en juger par son air suffisant de fierté, il savait exactement ce qu'il m'avait fait.

Il me fallut une bonne minute pour que ma respiration se calme. Je glissai le long de son corps, m'assis sur ses cuisses épaisses et passai ma main sur l'érection bombée sous son jogging.

D'un geste ample, il retira son t-shirt de son torse. Des muscles durs s'empilaient sur des muscles encore plus durs. Chaque centimètre de peau était tonique, visiblement plus fort que je ne l'avais jamais imaginé. Je retins mon souffle tremblant et traçai du bout des doigts sa poitrine, jusqu'à atteindre sa ceinture et libérer son sexe. J'enveloppai ma main autour de lui. Il était dur et chaud, pulsant de besoin, mais avant mon premier mouvement, il saisit mon poignet avec un grognement.

— Pas comme ça, ma belle. Je ne te laisserai pas me baiser à nouveau avant que je ne te prenne. Lève-toi.

D'un mouvement rapide, nous étions debout. Il me tourna pour faire face au comptoir où j'appuyai mes mains tandis qu'il laissait une traînée de baisers le long de ma colonne vertébrale. Je le sentis remonter le long de mon corps, me penchant en avant. Il saisit mes cheveux dans son poing, prenant le contrôle, et tapota mes cuisses intérieures. J'écartai les jambes, et il murmura : — Bonne fille.

J'adorais quand il me félicitait, comme s'il confirmait que je faisais la bonne chose. Un grondement sourd suivit de sa poitrine. Il s'aligna derrière moi et glissa son sexe le long de la raie de mes fesses, puis plus bas dans mon sexe, glissant entièrement et me remplissant de part en part.

Il se retira et poussa en avant, dur et profond.

— Ahh.

Je me resserrai autour de lui et inclinai mes hanches pour lui donner un accès total tandis qu'il glissait d'avant en arrière. Il lâcha enfin mes cheveux. Sa grande main tenait ma hanche tandis que l'autre jouait avec mes fesses, ses doigts s'approchant de plus en plus du trou plissé. Le rythme lent s'accéléra à chaque poussée alors qu'il s'enfonçait plus profondément et plus vite, claquant son avant contre mon derrière. Le son de la peau claquante résonnait. L'odeur de notre chaleur flottait dans l'air, et je regardai par-dessus mon épaule là où son corps brillait de sueur.

Il me tirait davantage sur lui à chaque poussée et grognement, enroulant ses bras autour de mon avant et me tenant fermement. Nous étions corps contre corps, notre peau collée par une sueur douce.

— Putain de magnifique, souffla-t-il.

J'appuyai ma main contre le comptoir.

— J'adore t'avoir dans mes bras et quand je te regarde prendre tout ce que je te donne ; ça me donne envie de t'en donner plus.

Il poussait plus fort, ses hanches bougeant d'avant en arrière, son sexe me remplissant jusqu'au fond. Mais rien ne se sentait mieux que lorsqu'il pressait sa poitrine contre mon dos et nous rendait un.

Il embrassa l'endroit entre mes omoplates, avant de traîner ses lèvres le long de mon bras. Mon emprise sur James se resserra alors qu'il bougeait plus vite et plus profondément, sachant exactement ce qu'il fallait pour que j'atteigne ce beau sommet entre plaisir et douleur. Il retint mon poignet derrière mon dos et enroula son autre main autour de moi, pinçant un téton puis frottant l'autre, mordillant doucement mon épaule.

— Es-tu prête, ma chérie ?

— Oui. Ma réponse sortit comme une supplication.

Il claqua en moi, son sexe frappant chaque point sensible et faisant vouloir à mon corps de fondre en une flaque sur le sol. Je glapissais tandis qu'il jouait avec mes tétons, en tordant un et me déplaçant sur le côté pour mordre l'autre jusqu'à ce qu'ils soient durs comme du marbre. Mon corps était sien, frémissant sous son tourment.

— Ah-oh, oui ! La douleur mêlée au plaisir me traversa comme une vague. Il abaissa sa main vers mon avant et mon sexe, et travailla un doigt autour de mon clitoris, traçant un cercle serré avec un toucher léger comme une plume, ses hanches prenant un rythme plus lent.

Je haletais et je ne voulais pas qu'il s'arrête.

— C'est ça, ma belle. Juste comme ça. Jouis pour moi, ma chérie.

Ses testicules frôlaient les lèvres trempées de mon sexe, son sexe frémissait en moi, et je fermai les yeux, me concentrant sur la sensation de lui là, et sur mon clitoris. Sa bouche revint à la mienne, dévorant mes lèvres. Je me figeai sur place, mes fesses pressant fort contre son avant.

Les spasmes chauds me frappèrent avant que je ne puisse les enregistrer. L'un après l'autre, ils montèrent jusqu'à ce que mes genoux menacent de céder sous le poids de mon orgasme. Je poussai un cri et laissai tomber mes mains sur le comptoir pour me soutenir, tressaillant violemment autour de lui. Mes bras et mes jambes picotaient de minuscules picotements alors que je luttais pour reprendre le contrôle de mon corps.

James empoigna mes fesses et les tint dans ses paumes, ses doigts s'enfonçant dans ma chair. Son souffle était rapide et superficiel près de mon oreille tandis qu'il jurait toutes les deux secondes entre ses gémissements, exhalant mon nom chaque fois qu'il ralentissait son rythme jusqu'à ce qu'il bouge à peine en moi. Il bégaya un dernier grognement et se retira brusquement, se répandant sur mes fesses.

Je restai allongée sur le comptoir jusqu'à ce que je le sente m'essuyer avec sa chemise. La première sensation de froid contre ma sueur frappa ma peau et je me retournai, me couvrant de mes bras nus. James attrapa mon pull et me le passa par-dessus la tête. Sa respiration ralentit, mais son sexe était toujours dur comme la pierre.

— Je ne veux pas que tu tombes malade, mais c'était putain de génial.

Ses lèvres pulpeuses cherchèrent les miennes alors que je sentis le sol trembler sous nos pieds. Au début, je pensais que c'était mon propre corps qui tremblait.

— Tu as bien dit que tu prenais la pilule, n'est-ce pas ? demanda-t-il.

— Oui.

Il soupira de soulagement et ramassa son pantalon par terre.

— Mais on dirait que tu as attrapé tous tes nageurs sur ta chemise, plaisantai-je sans conviction.

Les coins de sa bouche se relevèrent légèrement avant de s'affaisser alors que la terre tremblait sous nos pieds. James passa à l'action, enfilant son pantalon pendant que je mettais mon legging.

Ma respiration devint haletante tandis que je m'accrochais à lui pour me soutenir. — Encore un tremblement de terre ?

Les lumières vacillèrent. Le grondement était assourdissant et le sol sous nos pieds tremblait sauvagement. James me poussa rapidement dans un coin et utilisa son corps comme bouclier entre moi et ce qui allait arriver.

— Ce n'est pas un tremblement de terre, dit-il.

Je m'agrippai à son bras comme si ma vie en dépendait. Le bruit était si fort que je pensais que le sol allait s'ouvrir à tout moment. Puis quelque chose percuta le bâtiment et quelques secondes plus tard, les secousses s'arrêtèrent. La porte fut arrachée de ses gonds et de la neige s'engouffra dans la pièce. Je tremblais tandis que James me serrait contre sa poitrine nue et chaude jusqu'à ce que le grondement tombe dans le silence.

— C'était une avalanche ? demandai-je.

— Oui, c'était une avalanche.

La porte intérieure cliqua, libérant le verrou.

— On devrait y aller. Je dois vérifier que tout le monde va bien, et...

Je l'arrêtai.

— Tu ne peux pas y aller nu.

— Je ne vais pas mettre ma chemise pleine de sperme.

Il pointa du doigt la chemise tachée avant de me prendre la main. Nous sortîmes près de l'entrée du spa, juste à côté de la salle de la cascade. La neige s'infiltrait par le haut, recouvrant l'intérieur. Un cri déchira le couloir depuis le hall principal.

— Allez, file ! dis-je en déposant un baiser humide sur ses lèvres avant de lâcher sa main. James s'élança en courant.

J'étais sur le point de le suivre quand j'entendis des coups sur la porte du spa bloquée par la neige. Une voix effrayée appelait à l'aide entre deux sanglots.

— Je suis là, dis-je en contournant la cascade pour ouvrir la sortie de secours. Le spa était vide, à l'exception d'une femme enceinte que je n'avais jamais vue auparavant.

— Vous êtes ici toute seule ?

— La masseuse est allée chercher des serviettes supplémentaires, et puis le sol a tremblé, et je me suis retrouvée coincée.

Elle agrippa son ventre, protégeant le bébé dans son utérus.

— Il y a eu une avalanche. On peut sortir par l'arrière. Y a-t-il quelqu'un d'autre ici ?

— Je ne sais pas. J'étais allongée sur le lit, en train d'attendre...
Je... Je ne sais pas.

— Ce n'est rien. Vous allez bien. Venez, dis-je en la prenant
sous le bras pour l'aider à passer la porte. Je vais vérifier les
autres pièces. Attendez ici.

— D'accord.

Elle tremblait comme une feuille, mais ça ne me prendrait pas
longtemps de vérifier s'il y avait d'autres personnes. Je fouillai
chaque pièce pour m'assurer que le spa était vide avant de partir.
Quand je revins, la femme n'était plus là où je l'avais laissée. Je
tournai au coin, vers l'arrière de la cascade. Le soleil filtrait à
travers le trou au-dessus quand j'entendis la voix de James.

— Que fais-tu ici, Tiffany ?

Je fis deux pas sur ma droite et je les vis.

— Je t'ai dit que je venais.

La femme que j'avais aidée se tenait les mains sur les hanches,
son petit ventre en avant.

— Comment, Tiff ? Tous les vols ont été annulés. Les routes
sont bloquées.

— Quand on veut, on peut ! Comment aurais-je pu ne pas
venir te voir alors que notre bébé donne des coups de pied ?

Épilogue

Laura
neuf mois plus tard

La sueur perlait sur mon front tandis que je me précipitais dans le magasin, à la recherche de quelque chose, n'importe quoi, que j'aurais pu oublier d'acheter pour le bébé. Le monde était flou et mon esprit s'emballait, pressé de tout finir d'un coup. Avec la date prévue qui approchait, le temps était compté avant l'arrivée de mon fils.

Je m'étais inscrite dans une clinique où mes parents n'avaient aucun privilège, et comme je ne les avais pas vus depuis quelques mois, ils ignoraient toujours que j'étais enceinte. À leur connaissance, j'étais occupée à faire la flic. En vérité, j'avais peur de leur dire que j'étais de nouveau enceinte. Mais aujourd'hui était le jour où j'allais annoncer au père du bébé qu'il allait être papa. Encore une fois.

Dans ma précipitation à travers le magasin, j'ai failli renverser un présentoir de bodys, que j'ai rattrapé avant qu'ils ne touchent le sol. Et c'est là que je l'ai vu. Un petit body renard, perché en haut d'une étagère, avec ses marques grises et orange vives et joyeuses. C'était parfait, et j'ai immédiatement tendu la main pour l'attraper sans réfléchir.

Une douleur lancinante a traversé mon ventre et j'ai pris un moment pour me reposer avant de le jeter sur le comptoir. J'ai dit à la caissière de l'enregistrer. Mon cœur battait la chamade et j'étais essoufflée, me sentant dans un état lamentable. J'ai trébuché vers la sortie, les bras chargés de paquets, et j'ai hélé un taxi. Le chauffeur a attendu pendant que je déposais les sacs à notre appartement partagé.

— Où allons-nous ensuite, mademoiselle ?

— Manhattan. À Silver Brothers Securities, une société de sécurité.

J'ai pris une profonde inspiration et j'ai attrapé mon téléphone, mes doigts composant rapidement le numéro d'Allie. Elle a décroché à la deuxième sonnerie.

— C'est le moment ?

— Non, ce n'est pas le moment.

— Oh, d'accord. Tu m'as fait une peur bleue.

— Tu dis ça chaque fois que j'appelle. Écoute, j'ai finalement décidé de lui dire.

Elle a crié quelque chose d'inaudible dans le combiné et j'ai attendu qu'elle se calme.

— Qui est-ce ? a-t-elle demandé.

— Je ne te le dirai pas avant de le lui avoir dit.

— Je te jure, tu ne mérites pas d'être ma meilleure amie.

Elle a insisté sur le « pas » de la même manière qu'à chaque fois que je refusais de lui parler du père de mon bébé. Elle avait ses soupçons, mais je n'ai jamais confirmé. Il m'a fallu huit mois pour trouver le courage de le lui dire moi-même.

— Je t'aime aussi. Écoute, ce n'est probablement rien d'inquiétant, mais j'ai eu quelques contractions de Braxton Hicks, et on devrait sans doute se préparer pour ce bébé.

— Compris. Le sac est près de la porte d'entrée, le siège auto est installé. Je suis prête, Laura. Nous sommes prêtes.

Je n'avais peut-être pas de partenaire pour ça, mais quelle meilleure partenaire pouvais-je avoir que ma meilleure amie ? Elle prenait son rôle de marraine et de parrain très au sérieux, parfois de manière excessive.

— Je suis en route pour Silver Brothers Securities pour le voir.

— Je le savais !

— Allie, tu as promis de ne pas en parler.

— D'accord, d'accord. Cette marraine va se taire et...

— Merci de ne pas poser de questions. On reverra le plan d'accouchement ce soir, si ça te va.

— Bien sûr. Et une fois que tu seras rentrée, je ne te laisserai plus sortir de ma vue.

— Pendant qu'on y est, j'aimerais bien un massage des pieds et peut-être une manucure. Je n'arrive plus à atteindre mes pieds.

— Considère que c'est fait.

Nous avons raccroché après avoir confirmé nos plans pour le dîner. Allie était tellement plus que ma meilleure amie. Elle était ma femme, mon mari et mon organisatrice personnelle en même temps. Je lui devais tous les mensonges que nous avions racontés pour garder cette grossesse secrète. Le chauffeur de taxi s'est arrêté au bord du trottoir du gratte-ciel, et j'ai senti mon estomac se nouer. C'était le moment ; je devais le faire. Prenant une profonde inspiration, j'ai ouvert la porte et je suis sortie sur le trottoir.

L'odeur des gaz d'échappement mêlée à celle de l'herbe fraîchement coupée me chatouillait le nez alors que je me dirigeais vers le bâtiment. J'avais le pas alerte jusqu'à ce qu'une famille attire mon regard et que je m'arrête net. Mon cœur s'est emballé, et les bruits de la ville autour de moi se sont transformés en un bourdonnement continu. Au coin de la rue, il y avait James, poussant une poussette avec Tiffany à ses côtés, et Kensi marchant avec eux, leurs rires s'échappant de leurs bouches.

C'était le moment de rêve dont je rêvais depuis longtemps, mais ce n'était pas le mien. C'était aussi exactement ce à quoi je ne m'attendais pas. Mes recherches et mes investigations avaient confirmé qu'ils n'étaient pas ensemble, mais les voilà. Ensemble. Bien trop vite, ils ont disparu de ma vue et le charme s'est rompu.

Pourtant, je ne pouvais pas bouger. Je ne pouvais pas avancer pour lui dire, ou au moins monter et laisser un mot dans son bureau.

Une vague de douleur m'a submergée, suivie rapidement par la panique lorsque de l'eau a coulé le long de mes jambes. Un instant plus tard, la première contraction a paralysé mes membres et j'ai su que c'était le moment. Mon bébé arrivait.

Je cherchais dans le présentoir coloré de costumes le parfait déguisement de dinosaure pour Halloween. Pas pour moi. Pour mon fils. Il y a trois ans, la maternité n'était pas dans mes projets, pas plus que James Silver, l'homme qui m'a mise enceinte. Trois ans plus tard, avec un badge sur la poitrine et ma meilleure amie comme partenaire, je gérais la monoparentalité comme Mary Poppins.

— J'ai trouvé, dit Allie en sortant une combinaison brune et pelucheuse avec une queue blanche au bout. C'est parfait pour Foxy.

— Bon, ça suffit les renards, hein ? Il a déjà une brosse à dents, un pyjama, des chaussons et des draps renard. Ça fait beaucoup, là. Foxy a besoin de s'intéresser à des choses normales, comme les dinosaures.

— Comme si sa vie manquait cruellement de dinosaures.

Ce ton.

Le jugement d'Allie portait loin, mais nous avions déjà eu cette conversation. Le père de Foxy ne pourrait jamais faire partie de sa vie. Je laissai tomber mes bras le long du corps et pivotai sur mes pieds pour faire face à ma meilleure amie. Le regard noir qu'elle me lança me donna envie de lui retirer son titre de marraine.

— Dis donc, ta mère a appelé, tu sais. Elle voulait savoir si t'étais toujours en vie. Elle n'a pas eu de tes nouvelles depuis six mois.

Peut-être que ce n'était pas à propos du père de Foxy après tout.

— Tu lui as dit que j'étais vivante ?

— Non, je lui ai dit qu'elle pouvait te trouver au cimetière d'Evergreen Memorial. Bien sûr que je lui ai dit que tu étais vivante, et je lui ai aussi dit que Foxy allait très bien.

Elle n'aurait pas osé.

Ma gorge se serra. — Tu n'as pas fait ça.

— Non, je ne l'ai pas fait, mais il est temps que tu lui dises qu'elle est grand-mère. Ton père serait heureux aussi.

— Pas question de donner à mon fils une mamie qui balance un billet pour son anniv au lieu de lui faire un câlin. Non merci.

— Laura... Elle posa sa main sur mon épaule. On dit que l'amour d'une grand-mère est unique. Et maintenant que tu es mère, vous avez plus de choses en commun.

— Tu penses ça parce que ta mère est géniale. Elle te donne de l'amour, et toi tu lui donnes... de la sécurité et de la tequila. Moi ? Bah, tout ce que j'ai jamais donné à mes parents, ce sont des cheveux gris.

— Ma mère est un désastre, tout comme la tienne. Peut-être un genre différent de désastre, mais un désastre quand même. Le fait est qu'elle devrait savoir. Elle pourrait te surprendre.

Je soupirai. — J'y réfléchirai, mais c'est tout ce que je peux promettre. Maintenant, aide-moi à trouver un costume. Notre pause du matin est presque terminée.

Allie scruta le reste du présentoir de costumes d'Halloween. À qui est-ce que j'essayais de faire croire quelque chose ? Je ne pourrais jamais lui retirer son titre de marraine. Elle était la meilleure, et elle avait raison. Aussi compliquée que soit notre dynamique familiale, c'était toujours ma famille, et ils me manquaient. Sauf que mes parents avaient des attentes que je ne pouvais pas satisfaire. Leur déception se faisait sentir jusqu'à Manhattan et leur maison dans les Hamptons. Éviter le duo de professeurs agrégé était un défi, mais plus facile à accomplir de loin.

Alors, j'avais gardé ma grossesse pour moi et je m'épanouissais maintenant en tant que mère célibataire. Changer les choses n'était pas à l'ordre du jour, et Allie confirmait que j'étais en vie chaque fois qu'elle répondait aux appels de ma mère.

Elle choisit un costume de dinosaure, agitant la monstruosité dans les airs. — Un T-Rex avec des griffes en plastique. Tu pourrais crever l'œil d'un gamin.

— Clairement, celui du renard gagne. Il est sûr, parfait et mignon. Je regardai ma montre. Et notre pause est terminée.

Je payai le costume et jetai le sac dans la voiture de patrouille. J'attachai ma ceinture de sécurité et pris une gorgée de mon café au lait tiédi quand l'appel radio retentit.

— Ici central. Deux individus armés signalés à l'entrée de l'immeuble Cameo, angle Cinquième et Park. Toutes unités disponibles, rendez-vous sur place.

Je recrachai mon café et tâtonnai avec le porte-gobelet. — Allie, c'est pour nous.

Ma série de rondes de voisinage et d'absence d'arrestations m'avait valu le plus long temps sans interpellation au commissariat. Les messes basses dans mon dos devenaient agaçantes, mais aujourd'hui, j'allais tous leur prouver qu'ils avaient tort.

Ma partenaire saisit le récepteur. — Bien reçu. Unité BAC 75N à proximité, en route.

Nous sortîmes de la voiture comme deux bleus et courûmes ne centaine de mètres jusqu'à l'immeuble Cameo, où nous nous arrêtâmes au coin pour évaluer la situation. Un homme d'affaires allumait une cigarette devant la porte. Un couple passa devant un sans-abri qui dormait sur un banc, puis entra dans le bâtiment. Nous guettions des indices, mais il n'y en avait aucun.

— RAS à l'extérieur, dis-je. Aucun signe d'agitation.

— Tiens, c'est plutôt calme pour une entrée armée, non ?

— Peut-être que ce sont des professionnels.

— J'adorerais menotter un pro plus que je n'aimerais gratter cette démangeaison de deux ans et neuf mois.

C'était mon jour. Je le sentais dans mes os.

— Tu n'as pas eu de sexe depuis deux ans ?

— Deux ans et neuf mois. La conception de Foxy a été ma dernière fois. Cette arrestation, c'est mieux que la fève dans la galette des rois.

Elle me regarda comme si j'étais folle. — Putain, Laura. C'est chaud. J'parie que t'as oublié c'que c'est qu'un orgasme.

— N'importe quoi. Je me suis fait plaisir sous la douche ce matin..

— Argh, Laura. Je n'avais pas besoin de savoir ça.

— Tu n'aurais pas dû demander alors. Soyons prudentes là-dedans.

Je redressai les épaules, et nous marchâmes vers la porte tournante. À l'intérieur, les affaires suivaient leur cours normal. Une poignée d'employés de bureau attendaient l'ascenseur, et un agent de sécurité était assis au bureau d'information.

— Tu crois que c'était un canular ? lui demandai-je.

— Ou alors, celui qui est entré ici est déjà en haut. Prenons les escaliers.

— Non, attends. Regarde le garde, il a l'air tendu.

Nous nous approchâmes du bureau, et je baissai la voix. — Monsieur, avez-vous signalé une entrée armée ?

— Oui, au troisième étage. Il est au troisième étage. Sweat à capuche noir et une mèche de cheveux argentés.

Le front de ma meilleure amie se plissa.

— Combien de sorties ?

— Il a pris l'escalier sud. Le nord est fermé pour rénovations.

Je scannai la zone. Deux costumes-cravates se tenaient près de l'ascenseur, ainsi qu'une femme stressée qui semblait avoir désespérément besoin de vacances. D'autres entrèrent par l'avant, suivis du sans-abri en sweat à capuche noir.

— Évacuez la zone et restez à l'entrée. Ne laissez plus personne entrer jusqu'à ce qu'ils soient tous sortis. Les renforts seront bientôt là, dis-je, et je suivis Allie dans les escaliers.

Nous montâmes les marches deux par deux jusqu'au troisième étage. Ma poitrine se comprima, mon cœur martelant et mes oreilles bourdonnant au son du temps qui s'écoulait. La sueur ruisselait le long de mon dos. La nervosité était nouvelle ; elle avait commencé quand j'étais retournée au travail après mon court congé de maternité, me forçant à laisser mon bébé avec Mme Brewers de l'autre côté de la rue. Avec la maternité venait le besoin supplémentaire de survivre pour mon fils. Bien que j'aie la chance d'avoir une merveilleuse nounou, elle accueillait de plus en plus d'enfants, et Foxy tombait malade plus souvent.

Allie attrapa mon bras avant que j'ouvre la porte de la cage d'escalier. — Laura, s'il te plaît, sois prudente. Mon filleul a besoin que sa mère rentre ce soir.

— Cinquante pour cent de policiers en plus sont morts en service cette année par rapport à l'année dernière. L'inquiétude qui voilait ses yeux se transforma en intrépidité, mais je continuai quand même. Et comme nous ne sommes pas prêtes à devenir une statistique, sois prudente toi aussi.

Elle me donna un coup de poing joueur sur le bras, et j'avalai la boule dans ma gorge. — Cette arrestation, c'est comme un cadeau tombé du ciel.

— Pas si on reste plantées là.

Utilisant son corps, elle me poussa de côté et ouvrit la porte de la cage d'escalier. Je la suivis dans le couloir. Après le deuxième virage, un homme entra dans un bureau. La porte se referma derrière lui, et Allie courut en avant tandis que je restais au milieu du couloir.

Le sweat à capuche noir qu'il portait était le même que celui du sans-abri.

— C'est son complice, dis-je à voix basse, mais Allie avait déjà fait irruption dans le bureau. Le temps que j'arrive, elle avait plaqué quelqu'un au sol.

Je tournai les talons et courus vers la cage d'escalier. En bas, le hall se remplissait tandis que la sécurité faisait sortir tout le monde. Je scrutai la zone, mes yeux s'arrêtant sur le sans-abri appuyé contre un arbre. Il surveillait les sorties. Je sortis par la porte latérale et courus pour le contourner afin d'arriver derrière lui. Le sweat à capuche étiré sur ses larges épaules était le même que celui de l'agresseur à l'étage. Je sortis mon arme et la pointai vers le dos de l'homme.

— Les mains en l'air !

Ses épaules tressaillirent de surprise.

— Police ! Écartez-vous de cet arbre et levez les mains. Exécution !

Il leva les mains au ralenti, paumes vers l'avant et jambes écartées.

— Dépêchez-vous.

— Écoutez, vous faites une erreur, là. Franchement, je serai sorti du poste avant même que vous ayez rempli la paperasse. Sa voix grave éveilla des souvenirs flous, mais je repoussai le picotement à l'arrière de mon esprit. J'allais menotter ce complice, quoi qu'il arrive.

— Ne bougez pas, putain. Je m'approchai. Alors que ses bras se levaient, son sweat remonta au-dessus de sa ceinture, révélant une arme. Cette arme dans votre dos est-elle enregistrée ?

Je retirai l'arme de derrière sa ceinture, remarquant ses fesses musclées.

— Vous êtes en état d'arrestation pour effraction. Tout ce que vous direz pourra être retenu contre vous devant un tribunal.

— Effraction ? Inventez au moins quelque chose de crédible. Je n'ai rien forcé.

Les menottes cliquetèrent, la dernière pièce de ma mémoire se mettant en place.

Oh là là. Cette voix. Purée...

La crainte que quelqu'un veuille compliquer ma vie parcourut mes veines.

— Fox. Son nom glissa de ma langue.

— Laura ? Laura, c'est toi ?

Sa tête se tourna d'un coup sec, et mon corps devint mou. L'homme que j'avais évité pendant deux ans se tenait maintenant à moins d'un souffle de moi. Et le meilleur plan que mon cerveau pouvait concevoir était de l'emmener au poste. S'ils l'enfermaient pour possession, je pourrais faire d'une pierre deux coups : réussir mon arrestation et disparaître. Le plan traversa mon esprit comme une balle perdue, jusqu'à ce que son odeur envahisse mes poumons, et que la balle se loge près de mon cœur.

— Fox ? Son nom roula sur ma langue. Je n'avais jamais prononcé son vrai nom, mais je le gardais certainement précieusement dans mon cœur. Je veux dire, James ? C'est toi ? C'est quoi ce bordel ?

Il resta immobile, comme s'il partageait mon choc.

— Tu lis dans mes pensées. Détache-moi. Il se tordit sur le côté.

— Je ne peux pas. Je t'ai déjà lu tes droits.

— Tu veux dire, tu as marmonné mes droits.

— Tais-toi. Tu es en état d'arrestation. Que fais-tu ici ? lui demandai-je.

— Si je suis en état d'arrestation, je crois que j'ai droit à un coup de fil avant de répondre à tes questions, officier.

Il avait raison. Et je savais déjà ce qu'il faisait ici. Ma radio à deux voies confirma que des renforts étaient arrivés pour Allie. Elle se faisait raccompagner par un collègue.

— On dirait qu'on est prêts à partir.

— Laura, retire les menottes. Je ne suis pas le gars que tu cherches.

— Tu parles!

Il perçut mon souffle étouffé, et je réalisai mon erreur. L'étincelle dans ses yeux enflamma mon sang, et j'avalai ma salive pour dissiper la chaleur montante. Ça ne marcha pas. Je doutais que quoi que ce soit puisse fonctionner quand ses yeux brûlants faisaient leur effet. Bien que la folle matinée que nous avions passée dans le Colorado semblât lointaine, chaque minute était restée fraîche dans mon esprit.

— Si tu vérifies le numéro de l'arme, elle est enregistrée au nom de Fox Silver. Retire ces putains de menottes, Laura.

Son ton me sortit de ma torpeur.

— Laura, je vous prie de bien vouloir retirer ces menottes. Je ne suis nullement l'individu que vous recherchez.

— Quatre-vingt-dix-huit pour cent des criminels essaient de persuader un officier de retirer leurs menottes. C'est criminel. Tu es en état d'arrestation, et tu viens avec moi au poste.

— Vous faites erreur, Agent. Je serai sorti du commissariat avant même que vous n'ayez rempli la première ligne du procès-verbal.

— Parfait. Alors ça ne te dérangera pas de venir, après tout.

— Je n'ai guère le temps pour ces simagrées, Laura. Je suis un père de famille avec des responsabilités professionnelles, qui tente par ailleurs d'appréhender un criminel.

Sa paternité était la raison pour laquelle j'étais partie sans dire au revoir — et la femme qui avait interrompu notre séjour avec son ventre rond. Je n'allais pas rivaliser avec la mère de son enfant, et je ne laisserais pas non plus mon fils être second. Mon seul autre choix était de disparaître.

— Laura ? Tu m'écoutes au moins ? J'ai un endroit où je dois être, et si je ne pars pas maintenant, je vais manquer le rendez-vous.

— D'accord. On peut partir tout de suite. Dans ma voiture de patrouille.

— Oh, super. J'apprécierais vraiment un trajet —

— Je voulais dire *toi* à l'arrière de ma voiture de patrouille.

— Tu vas vraiment faire ça ? Il ferma les yeux et prit une profonde inspiration.

Un pincement de regret se fit sentir dans ma poitrine. — Je ne fais que mon travail.

— Ton travail ? La colère flamba dans ses yeux brillants. Bordel, Laura. Tu étais effeuilleuse il y a trois ans.

La fureur me monta aux oreilles.

— Eh bien, on dirait que cette strip-teaseuse vient de faire sa prise.

J'ouvris la porte arrière et poussai contre son corps massif, mais il résista, se tournant vers moi. Le coin de sa bouche se souleva, et une fossette se creusa dans sa joue.

Merde.

— Tu ne voudrais pas m'épargner cette humiliation et me laisser monter à l'avant ?

Mon cœur battait la chamade dans ma poitrine, comprimant mes poumons. Une sensation de picotement se répandit sur ma peau, réagissant à son ton dangereusement sexy.

— Les règles sont les règles, M. Silver. Les suspects montent depuis l'arrière. Je veux dire, à l'arrière.

Merde, aucune des deux formulations ne sonnait innocente.

Il esquissa un sourire narquois.

— Monte. J'agrippai son bras musclé et poussai sa masse de muscles à l'intérieur. Bon sang, qu'il était fort. Je rassemblai mes esprits et m'éloignai du trottoir.

— Alors, que s'est-il passé pour toi dans le Colorado ? demanda-t-il.

Une meilleure question était : pourquoi le ciel était-il bleu et sa petite amie enceinte ? Pourquoi m'avait-il séduite alors qu'il avait une famille, et pourquoi l'avais-je laissé faire ?

Fais l'idiote.

— Que veux-tu dire par ce qui s'est passé dans le Colorado ?

J'appuyai sur l'accélérateur, le projetant contre le siège arrière. Il gémit, et je vérifiai dans le rétroviseur alors qu'il se rapprochait de la cloison entre nous.

— Je veux dire, pourquoi es-tu partie ? Le ton grave résonna dans sa poitrine, et un souvenir de son magnifique torse traversa mon esprit. J'ouvris la fenêtre en grand pour prendre l'air.

— Il y a eu une avalanche. Les montagnes sont devenues dangereuses, et... Je m'arrêtai en même temps que la voiture, attendant que les piétons passent. Et je suis allée voir mon amie malade.

Je recommençai à rouler.

— Et tu n'as pas appelé ?

J'appuyai sur le frein, et son visage se pressa contre la séparation grillagée. À ce rythme, nous n'arriverions jamais au poste, mais je n'allais pas lui expliquer à quel point je détestais les triangles amoureux et les joueurs.

— Écoute, j'ai passé un bon moment dans le Colorado, mais comme tu peux le voir, je suis plus qu'une strip-teaseuse maintenant.

— C'est ça — tu es une flic qui arrête un gars pour rien. Quel progrès, dis donc !

Était-ce du sarcasme dans sa voix ? Je vérifiai dans le rétroviseur alors qu'il levait les yeux au ciel.

— Tu ne sais rien de moi, Silver. Je suis excellente dans mon travail.

Quatre-vingts pour cent des relations commençaient par des mensonges ; sauf que nous n'avions pas de relation. J'avais été bonne dans mon travail jusqu'à ce que Mme Brewers prenne un autre enfant à garder. Foxy attrapait un virus après l'autre, me forçant à réduire mes heures.

— Tu es certainement douée pour la fuite, marmonna-t-il en se rasseyant. Je n'allais pas entrer dans ce débat avec lui pendant le travail. N'importe quelle femme à ma place aurait fait la même chose. Je ne dis plus rien jusqu'à ce que nous arrivions au commissariat et que je le place dans une pièce pour l'enregistrement. Je venais de signer les papiers quand le Sergent Dwight m'appela à son bureau.

— L'arme est enregistrée. L'avocat de M. Silver dit que vous auriez dû vérifier avant de l'inculper pour possession.

— Il a pris un avocat ?

— Les Silver ont toujours recours à des avocats. Vous l'auriez su si vous aviez suivi le protocole, ce que vous n'avez pas fait. Je ne veux pas vous rétrograder, Young, mais —

— Me rétrograder ? Monsieur, je sais que je n'ai pas été au top ces derniers mois, mais je peux faire mon travail.

Il desserra la cravate autour de son cou.

— Vous êtes une bonne flic, Laura, et j'ai besoin de vous ici, mais vous devrez vous excuser auprès de M. Silver.

— Alors il s'en va ?

— Votre arrestation est annulée. Sur quoi voulez-vous que je le retienne ?

De bons gènes, des yeux bleus lumineux et un corps à tomber ? Je haussai les épaules à la place.

— Je ne vous ai jamais vue déraper comme ça avant. Il se passe quelque chose à la maison ?

Est-ce que trois piles de linge, un évier plein de vaisselle et un enfant de deux ans malade comptaient ?

— Foxy vomit encore. Il attrape toutes sortes de microbes quand Mme Brewers amène de nouveaux enfants, alors je cherche une nouvelle nounou, et je... Je suis désolée pour l'arme. Ça ne se reproduira plus, monsieur.

— Très bien. Allez présenter vos excuses et assurez-vous que les avocats nous lâchent.

— Oui, monsieur.

Je me retournai et le vis debout près du bureau principal. Il était penché en avant, le coude appuyé sur le comptoir, charmant la secrétaire. La barbe fournie était nouvelle, mais elle s'accordait avec ses longs cils. Sans les cernes plus sombres sous ses yeux, j'aurais juré qu'il était plus séduisant que la nuit où nous nous étions rencontrés. Son regard se leva et croisa le mien.

Je redressai mes épaules, levai la tête, rassemblai ma confiance et me tins bien droite, faisant des pas calculés vers l'avant.

— Salut, dis-je. Je suis désolée pour mon abus de pouvoir. Je n'aurais pas dû t'arrêter.

— Ne t'inquiète pas. Je ne porterai pas plainte si tu dînes avec moi.

— Quoi ?

— Je pensais qu'on pourrait rattraper le temps perdu.

— Dîner ?

— C'est ce que j'ai dit.

— Je ne pense pas que mon petit ami apprécierait ça.

— Donc tu n'es pas célibataire ? Tu vois quelqu'un ?

— Oui.

Parfois, mes mensonges sortaient si naturellement. Comment pouvais-je nier ce talent ? D'ailleurs, n'avait-il pas une famille dont il devait s'occuper ?

La déception dans ses yeux coupa mon souffle suivant. Je ne m'attendais pas non plus à la soudaine étreinte autour de mon cœur. La porte du commissariat s'ouvrit, et je remerciai le ciel pour un peu d'air.

Nous nous tournâmes vers l'entrée en même temps. Une blonde plantureuse descendait le couloir comme s'il s'agissait d'un podium.

C'était elle. La femme du Colorado.

Sa longue robe fluide épousait ses courbes délicates, et ses cheveux flottaient dans le courant d'air. Ses boucles d'oreilles s'accordaient avec les pointes diamantées de ses longs ongles, et son sac correspondait à ses chaussures. Je remarquais rarement de tels détails, mais il était difficile de ne pas remarquer les siens.

— Te voilà, Fox. Je n'arrive pas à croire qu'ils aient mis ta

Bentley en fourrière. Nous sommes en retard, et j'ai la voiture qui tourne. Je vais poursuivre en justice quiconque est responsable de cela.

Ce serait moi. Normalement, je ne m'abaissais pas à supplier, mais je le ferais si cela signifiait garder ce travail.

Elle passa son bras sous le sien, mais il détacha ses doigts collants un par un. Comment s'appelait-elle déjà ?

— Merci d'être venue, Tiffany.

Ah oui. Tiffany.

— Mademoiselle Tiffany, je suis désolée d'avoir retenu M. Silver si longtemps —

— C'est vous qui avez fait ça ? demanda-t-elle en examinant mon badge. Agent Young ?

— Oui, dis-je en me tournant vers James. Je préférais ravaler ma fierté plutôt que de voir Tiffany me poursuivre en justice. Je n'aurais jamais dû vous arrêter. Je suis désolée.

Il releva le menton et me fit un clin d'œil. — Mon offre tient toujours, Agent Young. Nous avons beaucoup de choses à nous dire. Dînez avec moi.

Tiffany lui prit la main et l'entraîna vers la porte. — Allez, Fox. On ne veut pas être en retard.

Il s'arrêta, recula de quelques pas et pointa son doigt comme s'il donnait une leçon. — L'arme n'est pas la seule chose à propos de laquelle tu t'es trompée, Laura.

Le sergent Dwight s'approcha derrière moi. — J'ai laissé les pastilles pour la toux faites maison par ma femme sur votre bureau. J'espère que votre petit garçon se sentira mieux bientôt, Laura.

Mes cils s'ouvrirent complètement tandis que les yeux de James se plissaient aux coins.

— Hum, merci. Je dois y aller.

Je me précipitai dans l'arrière-salle et attendis que James Silver, alias Fox Silver, alias le père secret de mon fils, soit parti avec la mère de son bébé.

Continuez l'aventure brûlante de Laura et James dans le tome 6 de la Saga des Frères Silver, *Silver, le Renard.*

Silver
LE RENARD
USA TODAY BESTSELLING AUTHOR
LACEY SILKS

À PROPOS DE L'AUTEURE

Lacey Silks, auteure à succès figurant sur la liste des meilleures ventes de USA Today, écrit des romans de suspense romantique captivants, remplis de chaleur, de passion et de tension palpitante. Nombre de ses personnages attachants sont inspirés de sa propre vie, et ses proches se retrouvent souvent, à leur grande joie, mêlés à ses histoires. Ses deux enfants et son chien, Kygo, rythment ses journées avec des questions sur les devoirs et des baisers affectueux (et baveux, gracieuseté de Kygo, bien sûr).

En dehors de l'écriture de romances intenses, Lacey est une campeuse et skieuse passionnée. Naturellement matinale, elle se surprend souvent à préférer le café à l'eau, attribuant son emploi du temps chargé à ses héros milliardaires.

Les personnages de Lacey, avec leurs défauts et leurs singularités, suscitent le rire, l'effronterie et l'émotion à chaque page. Elle évalue malicieusement les hommes à la taille de leurs pieds, a un penchant pour la lingerie sensuelle et rêve d'explorer le pays en camping-car.

REMERCIEMENTS

À mes lecteurs, j'espère que vous apprécierez l'histoire de Laura et James autant que j'ai aimé l'écrire. Noël est l'une de mes périodes préférées de l'année. J'adore passer du temps dehors dans la neige, puis me blottir à l'intérieur près de la cheminée avec une tasse de chocolat chaud, rattrapant le temps perdu avec ma famille et mes amis. Je devrais écrire plus d'histoires de Noël, car elles sont chaleureuses, pleines de moments familiaux heureux, et elles procurent tout simplement du bien-être.

À mon incroyable éditeur, qui trouve toujours du temps pour moi, merci de me faciliter la vie et de rendre mon écriture aussi fluide. Silver Santa ne se lirait pas de la même façon sans votre précieuse aide.

À mes lecteurs bêta, merci pour votre œil avisé ! Après avoir lu une histoire vingt fois (ou plus), les détails deviennent plus difficiles à repérer. Vos retours sont inestimables et permettent au roman de devenir ce qu'il doit être.

À ma famille, merci pour votre amour inconditionnel, votre soutien indéfectible, votre confiance et vos encouragements.

Maya, merci pour ton regard artistique et la conception de cette magnifique couverture. Je suis honorée de te voir grandir et t'épanouir en tant qu'artiste. Alex, ton cœur aimant et ton sens de l'humour sont une source d'inspiration constante. À mes parents, ce livre n'aurait jamais vu le jour sans vous. Merci de croire en mes rêves.

www.ingramcontent.com/pod-product-compliance
Lightning Source LLC
Chambersburg PA
CBHW032312310726
48973CB00008B/2611